Toulouse
juillet '08

Rachid Djaïdani, acteur et réalisateur français, est également l'auteur de trois romans : *Boumkœur*, best-seller explosif sur le mal de vivre d'une France « hors-jeu » : la banlieue, *Mon nerf* et plus récemment *Viscéral*.

Il a notamment joué dans les films *Ma 6-t va crack-er*, *L'Âge d'homme*, *Police District*... ainsi que dans trois créations théâtrales de Peter Brook : *Hamlet*, *Le Costume* et *Tierno Bokar*. Son film documentaire *Sur ma ligne*, qui met en lumière quarante-neuf minutes du processus de création littéraire, a été primé et lui a valu la reconnaissance de ses pairs. Toujours en indépendant, il a réalisé la fiction *40 Frères*, une comédie sociale, qui n'a pas été diffusée à ce jour.

Lauréat de la bourse Stendhal, Rachid Djaïdani a ainsi la possibilité d'écrire son quatrième roman à New York.

DU MÊME AUTEUR

Boumkœur
Seuil, 1999
et « Points », n° P1304

Mon nerf
Seuil, 2004
et « Points », n° P1297

Rachid Djaïdani

VISCÉRAL

ROMAN

Éditions du Seuil

TEXTE INTÉGRAL

ISBN 978-2-7578-0925-9
(ISBN 978-2-02-090820-7, 1re publication)

À l'heure des corn-flakes

1er août.

Les premiers rayons du soleil enflamment une cité immense, la plus cramée du territoire gaulois. Inaugurée il y a trente ans, elle n'a pas d'appellation contrôlée, pas de label, pas de millésime.

Ici les rats portent des combinaisons en Téflon. Les cafards font du smurf sur le dos des mollards. Les pits sniffent des rails de coke avant de chiquer des têtards. Le béton a de l'herpès soigné au Kärcher, les barbelés le sida, et la Déclaration universelle des droits de l'homme est une blague qui circule sous le manteau.

Non loin d'un bac à sable fourré de seringues et d'un terrain de basket sans panier, deux tiges de quinze piges en survêt', poings bétonnés de bandelettes signées Everlast, boxent à ciel ouvert. Ils s'envoient des gauches droites à la face en évitant tout contact.

À chaque riposte un souffle vif s'échappe de leurs narines. Après un long moment de shadow boxing, le duo fait une pause. Des gouttelettes de sueur sont apparues sur les visages rougis par la montée en Celsius des machines organiques. Teddy est blond, la face parsemée de petites cicatrices laissant croire qu'il s'est battu contre un bataillon d'ongles affûtés, ses yeux sont marron comme deux boulettes de teu-teu. Couché sur le dos, la bouche ouverte, il récupère.

Samir fait quelques étirements. Son corps de roseau a la souplesse d'un kamasoutra, sous sa capuche on devine une boulette à zéro ayant gommé ses bouclettes. Il a un visage en forme d'olive. Son regard a le pétillant d'une Selecto, boisson officielle de tous les blédards. Teddy et Samir sont des graines qui ont poussé dans le huis clos du quartier. Frères de béton, ils savent ce qu'est l'injustice, le vice, et pratiquent l'art de la combine. Pour tout l'or du monde jamais ils n'abandonneraient leur cité téci tess, ils la revendiquent dans leur façon de respirer, de penser, de la raconter. La tess est la fondation de ce qu'ils sont, plutôt mourir que la quitter. Elle est la plus crainte et la plus fantasmée de tout l'Hexagone et par cette résonance ils se sentent respectés. Teddy refait le nœud de sa féline trouée au gros orteil... La basket en loques, recousue par endroits, a encore du chemin à parcourir avant d'être incinérée à la décharge publique...

D'une voix traînante typique au ghetto, il décoche :

– Il est pas encore là, Lies ? Déjà 8 heures, viens,

on va le chercher, si ça se trouve il ronfle. Il habite au septième dans la tour de Garib, le frère de Karim, celui qui fait du foot américain, là où Youssef il s'est fracassé en booster quand les Rois Mages de la BAC ont fait leur grosse descente avec le maire et les journalistes.

– Le bâtiment de... Sabrina, dit Samir en sautillant les bras le long du corps.

– Sabrina t'es ouf d'elle, répond Teddy, projetant des crochets sur le plexus solaire de son camarade.

Au pas de course mais sans précipitation, les boxeurs se faufilent entre les allées. Le chemin d'une tour à l'autre n'est pas la porte à côté. Le Petit Poucet en personne n'est toujours pas revenu sur ses pas après avoir été abandonné au milieu de ce sac de nœuds. D'abord, traverser le parking fleuri d'un bouquet de cylindrées subventionnées par l'afghan, le marocain, la colombienne et les trois-huit. Contourner le centre commercial en sursis et la mosquée souterraine du bâtiment X, pleine à craquer de foi non conforme aux normes NF car pas assez catholique. Longer un graffiti long comme la muraille de Chine, signé Yaze. Sur la fresque, les visages décrépits de ceux morts au combat, victimes de la guerre des gangs. La tess s'est laissé charmer par la violence gratuite, les lascars s'assassinent, les frères s'entre-tuent, les sœurettes se font carboniser, les amis s'étripent, les voisins s'égorgent, l'humain en pâtit. Le cimetière est devenu la seconde résidence des morts et des vivants, ouvert vingt-quatre heures sur vingt-quatre, il ne désemplit jamais.

Arrivée à destination. Respiration haletante, bouches pâteuses, transpiration abondante, ils reprennent leur souffle pour appeler. Les cris ne parviennent pas à crever l'hymen du vitrage. La tour de Lies a poussé sur un terrain si fertile qu'elle bat d'une tête Dame Eiffel. Massive, solidement enracinée, elle chausse au moins du 500 m^2. Par centaines ses paraboles clignent au moindre coup de vent et Bled TV mène la barque de l'Audimat. Du linge pend aux fenêtres les plus hautes, mais du rez-de-chaussée au troisième jamais rien ne s'étend, pas même une chaussette. Elle se ferait de suite pécho par une perche télescopique armée d'un hameçon. Dans la tess on ferre tout ce qui tape à l'œil, certains sont des pros de la pêche au gros, kidnapping-séquestration, et ce sans distinction de race pourvu qu'il y ait de la maille.

– Samir, on va finir par se faire tirer dessus, viens on escalade.

– T'es barge, c'est au septième et l'ascenseur est parti en vacances...

Après une brève délibération, ils commencent l'ascension. Les murs ont été retapés au FatCap, les mots tagués sont conjugués dans une langue qui ferait perdre sa belle chevelure à Larousse. Le premier palier se monte facile. La lumière est timide mais elle y met du sien, elle éclaire suffisamment pour ne pas se prendre les pieds dans divers obstacles : sac-poubelle éventré, seringues contaminées, restes de scooter, sans-papiers sous duvet. Le deuxième étage ne rend pas le pied plus léger, la rampe d'escalier scellée dans le béton est sollicitée, elle soulage les enjambées. Le troisième titille les points de côté, les crampes ont mis sous embargo la ration d'oxygène réglementaire des masses musculaires. Au quatrième étage, les visages ont commencé à se crisper : pas facile de reprendre son souffle quand à chaque inspiration on inhale des odeurs de pisse de chat, mélangées à l'amertume de quelques glaires. Teddy et Samir s'encouragent, pas question de lâcher. Chacune des dix-neuf marches gravies est une victoire partagée. Au septième, le dos calé contre un mur bombé :

La France nous baise
sans jamais nous dire je t'aime.
Pourquoi quand elle a ses règles
c'est moi qui saigne ?

Ils tirent la langue, des gouttes de sueur clapotent sur le sol.

– T'imagines, si tu veux sortir avec Sabrina, c'est encore neuf étages au-dessus… lâche l'affaire, vanne Teddy.

– Tu dis ça parce que t'as pas la condition physique…

Piqué dans son orgueil, Teddy se met en position de starting-blocks sur la première marche du huitième palier :

– Comment ça, j'ai pas de condition, tu veux parier ? Viens, on tape un sprint jusqu'en haut et là on va bien rigoler sur qui a pas la condition dans son corps.

Il tend la main, le regard déterminé :

– Alors ? Tu paries ?

Samir ricane, fixe la pince ouverte de Teddy. Ses doigts sont bandés, serrés comme des sardines.

– Moi je parie pas, c'est contre ma religion, prends plutôt ta main pour frapper à la porte...

– Et toi prends la tienne pour te branler..., répond Teddy en mimant le geste du 5 contre 1.

Devant la porte de Lies, Teddy scrute la cataracte du judas. Une certaine inquiétude se lit sur son visage. D'un revers de manche, il s'éponge le front puis se tourne vers Samir en retrait.

– Je lui dis quoi ? murmure-t-il.

– Je sais pas moi, que c'est le GIGN et qu'il faut qu'il libère les otages.

Samir éclate de rire dans le duvet de sa barbe, mais face au regard noir de Teddy il reprend son sérieux :

– Ben... qu'on doit faire le footing...

Teddy cogne la biben décolorée par l'usure du temps, sans succès. Il pose son oreille sur la lourde, écoute... C'est le calme plat.

– Il est pas là, putain j'ai trop soif, la vie de moi,

va falloir détourner un hélico pour que je redescende, j'suis mort…

La conversation enrichie en octaves a fait sortir le voisin de palier de sa tanière, un vieil homme chauve, ridé sur tout son relief, les yeux cernés par des valises aussi lourdes que tout l'or pillé à l'Afrique. Un nez en zigzag a complètement bouleversé la géographie de son faciès, un ventre à double menton déborde de son pyjama : un ogre dans un quartier sans conte de fées.

– On peut savoir ce que vous mijotez ici ? lance-t-il.

Sa voix grave semble sortir d'une caisse de résonance.

– On est les boxeurs, on vient chercher Lies…

L'ogre ouvre grand ses yeux bleu ciel :

– Vous êtes des boxeurs, c'est vrai ce mensonge ?

– Bien sûr que c'est vrai, pendant ces vacances on s'entraîne. On va aller boxer à Marseille dans dix jours…

– Quelle catégorie ? demande-t-il aussitôt en pointant Samir du doigt.

– Boxeur !

Le vieil homme rit de tout son surpoids, la réponse spontanée de Samir l'a tordu en quatre.

– Boxeur certes, mais quel poids ?

– Je sais pas, ça dépend de ce que je mange… Nous, on est pas des pros, ça fait seulement un mois qu'on s'entraîne…

Teddy, méfiant, reste à distance, prêt à taper une pointe.

– On va être fixé, bougez pas, je reviens…

Sur ces mots, l'ogre réintègre sa tanière.

– Qu'est-ce que tu lui parles, si ça se trouve c'est un pédophile qui veut approfondir nos orifices, viens, on se casse, marmonne Teddy avec nervosité.

– Il s'en bat les couilles, de ton cul, c'est un ieuv, il a plus toute sa tête, il aime parler, c'est tout.

Moins d'une minute plus tard, l'ogre est de retour, porteur d'un pèse-personne électronique en aluminium.

– Allez, monte…

Samir dépose sa masse sur la balance. Le vieil homme enfile sa paire de lunettes à double foyer qui pend autour de son cou.

– 55 kilos, poids plume, annonce-t-il.

Il invite Teddy à la pesée, ce dernier refuse d'un non de la tête et fait un pas en arrière pour ne plus être à portée de main du speaker.

– Je te fais peur ? dit-il en retirant ses yeux de serpent à lunettes.

– J'ai pas peur…

Au même instant, un jeune homme arrive sur le palier, interrompant le brin de causette. Il shake Teddy et Samir, serre la lourde pogne de l'ogre. Les deux pugilistes sont rassurés par sa présence. Vingt-trois ans, 1 m 80, le visage émacié, taillé dans le reflet d'un prince du désert. Des pigments de cannelle se mêlent à sa peau mate. Son regard persan vise droit dans les pupilles, il se dégage de lui une énergie compacte. Pas un faux pli dans sa coupe de tifs châtain clair, couronnée par une paire de Ray-Ban old school.

Il a de la prestance, porte une chemise blanche à manches courtes, ses bras n'ont pas servi qu'à coudre de la dentelle, il a des biceps de bûcheron. Son dos est charpenté en V, sa nuque solide pourrait cabosser la dent d'une guillotine. Ses jambes sous la toile du pantalon beige sont fines et sculptées en nerfs de bœuf. Il tient dans sa main gauche une sacoche Sony, sort de sa poche de pantalon un trousseau qu'il fait tournoyer autour de son index.

D'un ton justicier, l'ogre interrompt le manège du porte-clés :

– Dites-moi, jeune homme, vous pourriez dire à votre petit frère que ce n'est pas très sage de faire poireauter ses camarades ? Dix minutes, qu'ils l'attendent pour le footing…

Teddy et Samir éclatent de rire :

– Mais non, monsieur, on n'attend pas son petit frère : c'est lui, c'est Lies, notre entraîneur.

Lies esquisse un sourire semblable à l'albatros planant dans les airs.

– Autant pour moi, bredouille l'ogre, visiblement déstabilisé, mettez ça sur le poids de l'âge… Moi, c'est Jeannot.

Il donne une tape amicale sur l'épaule de Lies, sa

main a la largeur d'un livre saint. Dans la cité tout le monde se touche, se tâte, se palpe. Pincer une joue, balancer un léger coup de poing sur une côte flottante, infliger une béquille, faire claquer une frite sur un bout de fesse quitte à y laisser un bleu en signature, tous ces gestes sont de la pure affection. Le langage a ses limites, il ne sera jamais aussi percutant qu'une pichenette. Dans la tess, pudeur oblige, quand on aime on se brutalise sans finesse.

– Il m'avait bien semblé n'avoir jamais vu de marmot sortir de chez vos parents. Vous devez être super-léger.

Lies fait mine de réfléchir à la question puis, d'une voix douce, il lance :

– Au-dessus… welter, 67 kilos, et je vis ici tout seul comme un grand.

L'ogre Jeannot hoche les épaules et se met à tousser grassement avant de reprendre la conversation. Élevés dans le respect des anciens, Lies, Teddy et Samir l'écoutent, bien qu'ils aient d'autres chats à fouetter.

– Décidément… Moi, je niche dans cette tour depuis le premier jour. En somme, j'ai le plus honorable des palmarès. Fut un temps tout le monde se connaissait, mais maintenant il n'y a plus de confiance, suffit que tu t'absentes pour que je te cambriole. Moi, je pars plus en vacances… Le comble, c'est que je suis allergique aux poils de chien, sinon j'aurais bien acheté un rottweiller, eux au moins, ils savent parler aux visiteurs indésirables. Vous êtes mon voisin depuis combien de temps, si ce n'est pas indiscret ?

– Depuis trois mois. Avant j'habitais dans la tour du sniper.

– Ah ! ! Oui, je vois…

La cité est cartographiée comme un champ de bataille, les tours, les rues, les allées, les places ont été rebaptisées par les faits divers. La rue des Violettes est devenue la rue des Cinq-Vierges après la mort d'un groupe de jeunettes fauchées par un chauffard. La place du Rond-Point s'est transformée en place du Prématuré : une femme enceinte y a été poignardée par son mari et le bébé est venu au monde sur le trottoir. La tour des Castors s'est changée en tour Ben Omar, du nom d'un suicidé que la solitude et la détresse ont conduit à se jeter du haut de son bloc. Depuis la mode est lancée, certains n'hésiteront pas à se défenestrer pour immortaliser de leur blaze le pied d'un hall.

Lies vient d'introduire la clef dans la serrure de son chez lui, histoire de mettre fin poliment à la conversation, mais Jeannot est lancé et rien ne semble pouvoir l'arrêter :

– J'aime beaucoup le noble art. J'ai moi-même boxé à une époque si lointaine que j'en ai oublié les bases, j'ai fait un seul et unique combat qui m'a marqué pour le restant de mes jours.

Jeannot appuie sur son blair avec son pouce tout boudiné. Teddy et Samir ont le sourire en banane à la vue de la grimace. Clic-clac la clef a fait s'ouvrir la porte du F2. Lies veut jeter l'éponge sans froisser Jeannot, il ressent la solitude de son voisin et n'a pas besoin d'être exonéré d'impôts pour lui proposer :

– Passez nous voir, on s'entraîne du lundi au vendredi au gymnase de la Gerboise de 18 h à 19 h 30. Le 10 août, les jeunes vont aller faire leur première compétition dans le sud de la France.

– Je ne pense pas pouvoir, le matin je ne dis pas, mais le soir c'est niet, je reste faire mon tour de garde dans la baraque.

Puis, s'adressant à Teddy :

– Connaître ton poids, c'est très important... Bon, maintenant je la range cette balance...

L'appareil en main, il s'apprête à retourner chez lui, mais Lies l'interpelle :

– Elle fonctionne ?

– Elle ne sait pas mentir...

– Je peux vous l'emprunter ? Celle du club a rendu l'âme.

Jeannot la dépose religieusement dans les paumes de Lies, les deux hommes se font face : ils ont la même taille, une tendresse réciproque dans le regard. Durant ce bref instant, pareils à des animaux, ils se sont reconnus.

– Vous boxiez dans quelle catégorie, monsieur ?

– Poids moyen, la reine à mon goût, jeune homme.

Jeannot lève soudain la tête, sniffe l'air ambiant.

– Ne sentez-vous donc rien ? jette-t-il d'une manière théâtrale.

Les jeunes respirent à fond pour détecter une odeur suspecte. En dehors de celle de la pisse, des chiasses carabinées, de la mort-aux-rats, des mollards, de l'humidité, des sacs-poubelle dégageant des odeurs de charnier : walou.

Jeannot sourit, jactant fort pour se faire plus discret :

– C'est ma tarte aux pommes, je suis amoureux de cette senteur délicieuse. J'y retourne avant que ça ne roussisse.

L'estomac débordant de gargouillis, l'ogre s'est enfui vérifier la cuisson de sa pâtisserie aux goldens.

À l'heure du second round

Dans la cuisine de l'entraîneur, Teddy et Samir s'abreuvent d'eau fraîche servie dans des pots de terre cuite décorés de motifs berbères. L'appartement n'est pas plus coquet qu'une garde à vue, il n'a fait l'objet d'aucune rénovation. Lies ne veut pas terminer ses jours ici donc il se contente du confort minimal. Il aimerait investir dans des murs, avoir son pav' et sa p'tite famille à la française, sans animal de compagnie. Hier, son père épargnait pour construire au bled, aujourd'hui, Lies le sans-racine a trouvé une terre sur laquelle la greffe est possible, à condition d'avoir du blé dans le porte-monnaie.

– Je suis désolé pour le footing… Vous étiez seuls ?

– Ouais, répondent les frères de sang entre deux gorgées.

Ils ont garé les Requins et les Pumas dans le cagibi. Pieds nus, ils s'aèrent les orteils, palmés pour Samir, velus pour Teddy. Les vestes à capuche se sont volatilisées et les bandelettes longues comme des ténias ont dégrafé les mimines.

– Je devais récupérer ma caméra pour pouvoir vous filmer à l'entraînement et à Marseille.

Lies exhibe l'engin. Shooter les assauts lui permettra de capturer en flagrant délit les défauts de chacun et les gommer avant qu'ils ne deviennent de mauvais réflexes.

Les boxeurs débutants ont besoin de preuves pour progresser : ne pas décoller la jambe arrière du sol pour avoir de la puissance, ne pas laisser tomber le bras gauche au risque de ramasser un contre, serrer la mâchoire pour éviter de se faire fendre la langue. Le jeune poulain est un fougueux, son idée de la boxe se résume souvent à enfiler une paire de gants et à casser le premier nez à portée de son jap. Le job de Lies consiste à canaliser toute cette énergie destructrice pour la rendre poétique sur le ring.

Secrètement, Lies a fondé tous ses espoirs sur Teddy et Samir. Ils ont la rage, le coup d'œil, savent écouter, se servir de leur tête entre les douze cordes et sont de bons encaisseurs.

– Vous m'avez fait vos photos pour les licences ?

Les deux garçons font un non de la tête tout en continuant à glouglouter.

– Sans photo, pas de licence, sans licence, pas de combat… Pas de combat, pas de Marseille… Je suis clair ?

Dans le salon, installé devant la télé couleur sur des chaises molletonnées, le trio visionne un championnat du monde mythique :

Sugar Ray Leonard *vs* Marvelous Marvin Hagler.

Télécommande à la main, Lies fait un arrêt sur un uppercut de Leonard.

– Admirez, commente-t-il, ça, c'est du noble art, tout est dans le regard et la vitesse d'exécution, l'énergie est si pure qu'elle pourrait faire tourner une centrale nucléaire pendant mille ans. Vous voyez, ces boxeurs, c'étaient des gars comme vous et moi... Ils venaient du ghetto. Mis à l'écart dans un pays où les Noirs ne valaient pas mieux que des clébards. La boxe les a sublimés et les a transformés en prophètes. Alors croyez en vos rêves, à dix mille pour cent, car lorsque vous les atteindrez, le monde fera des pauses pour écouter ce que vous avez à dire. La boxe, c'est être fort dans sa tête et croire en ses rêves. C'est en se projetant que tout devient réel.

Lies parle avec autant de passion qu'un rabbin, un prêtre ou un imam prêchant pour sa paroisse. Les yeux grands ouverts, Samir et Teddy en restent bouche bée, pas souvent qu'on prône le rêve pour atteindre un objectif. Lies est le grand frère que l'on admire et auquel on s'identifie, un modèle de réussite. Il est arrivé à la boxe au même âge qu'eux, avec l'envie de tout détruire. Son entraîneur, Monsieur Mendoza, n'avait jamais vu une telle haine se dégager d'un si petit bout d'homme. Pourtant Mendoza en avait connu des brutes, lui-même avait été boxeur à Cuba, catégorie coqs. Il avait quitté son pays dans l'espoir de devenir un grand professionnel. Petit black trapu, bon encaisseur. En France, il fit une carrière de sparring-partner. Payé pour recevoir des coups, c'était son gagne-pain. À quarante berges bien frappées, il raccrocha les gants et ouvrit son club de boxe dans la tess. Monsieur Mendoza aimait regarder Lies s'entraîner, soigner ses maladresses. Le garçon avait dans le regard une détermination sans faille, plus il souffrait, mieux il allait. Ses premiers combats amateurs, il les remportait souvent avant la limite et savait y mettre la manière. Le soir de ses dix-huit ans, Lies était devenu champion de France amateur des poids légers. Dans le vestiaire, Monsieur Mendoza avait décalotté un cigare si énorme qu'il l'avait baptisé El Titanico, avant d'entonner un air révolutionnaire cubain en brandissant la ceinture de champion dans les airs.

L'entraîneur à l'accent de salsa ne pouvait contenir sa joie.

– Tu l'as fait danser et il a mangé les cordes, c'était pas un mauvais le gars en face, il avait plus d'expérience du ring, il détenait le titre, était vaillant dans les corps à corps, tu t'es bien servi de ton allonge fiston, tu étais bien en équilibre…

Tout en parlant, Mendoza avait dénoué les bandes du champion, nettoyé le protège-dents rouge du sang d'une blessure à la lèvre que Lies n'avait pas sentie dans le feu de l'action. Assis en caleçon sur le banc du vestiaire, en nage, le corps chaud et le regard absent, le champion écoutait son homme de coin :

– T'as boxé intelligemment, mais quand l'arbitre dit « break », fais un pas en arrière et arrête le combat. On ne tape pas un gars au tapis... Je t'ai jamais rien demandé, mijito, mais aujourd'hui, c'est pas un jour ordinaire... Ne te sens pas obligé...

Étonné, Lies avait levé les yeux droit sur Monsieur Mendoza qui, cigare à la bouche, lui avait répondu par un smile :

– Je sens une blessure en toi. Sur le ring, tu boxes pas, tu détruis, tu cherches le coup dur... Quand tu gagnes, on a l'impression que tu t'en fous. Pourquoi tu boxes ?

Lies, les yeux baissés, fixant ses poings compacts comme des météorites, se sentait suffisamment en confiance pour plonger dans le flash-back douloureux qui lui avait fait prendre les gants au lieu des armes. Alors, dans un second souffle, il confia ce qu'il n'avait encore jamais dit à personne. Tout en l'écoutant, Monsieur Mendoza faisait couler El Titanico dans le sac à glace.

– Un jour, j'étais avec mon père dans les champs, il voulait qu'on ramasse des noix, c'était l'automne. L'arbre était abandonné, on ne faisait de mal à personne. Soudain, une voiture s'est arrêtée en freinant à la Starsky et Hutch, on a cru que c'était les flics. Deux types cagoulés, armés d'une batte de base-ball et d'un manche de pioche, ont foncé sur nous. Ils nous ont traités de sales bougnoules, ont craché sur le visage de mon père. Puis ont commencé à taper. Mon père s'est recroquevillé sur moi pour me protéger, j'ai entendu ses os se briser dans une langue inconnue mais inoubliable. Ses larmes ont fait mûrir en moi des fruits amers. J'ai voulu boxer pour me venger mais maintenant que je suis champion, il va falloir que j'apprenne à pardonner…

Le téléphone cellulaire de Lies retentit. L'appel est masqué. Avant de décrocher, il relance le film du combat à la cinquième reprise.

– Allô.

– …

– Salut Gazouz, bien ou bien ?

– …

– Je suis avec mes boxeurs, on mate un combat…

– …

– Ouais, je peux le faire, je suis tranquille cet après-midi… Il a rien de grave, j'espère, ton petit ? On se retrouve là-bas, on finit de regarder le fight et j'y vais…

Lies a raccroché. Il fait une pause sur une esquive rotative de Marvelous dont le crâne est lisse comme une paire de gants :

– Vous voyez, la boxe, ce n'est pas seulement mettre des coups, c'est surtout savoir les esquiver, un peu comme dans la vie.

À l'heure du JT de la mi-journée

Sans se presser, Lies se dirige vers le centre commercial situé au cœur du quartier. Le poumon économique bat de l'aile comme une poule atteinte par la grippe aviaire. De nombreux commerçants ont déserté leurs enseignes pour cause de braquages à répétition, de rackets à profusion et de surtaxes étatiques. Arme au poing, le boucher hallal fait de la résistance, le marchand de babioles asiatiques s'est agrandi, il a racheté les murs du buraliste mort suicidé. Le boulanger vend son pain derrière une vitre pare-balles. Le pharmacien distille ses cachetons sous protection rapprochée.

Lies remonte ses Ray-Ban sur le sommet de son crâne, sort de sa poche le trousseau de clefs FFB offert par la fédé, s'arrête devant une devanture dilatée par le soleil, zoome sur une piécette vagabonde brillant sur le bitume. Elle ne mesure pas plus d'un centimètre d'euro. Il la ramasse, la serre dans le creux de sa main. Un sou est un sou, peut-être cet écu fera-t-il le début de sa fortune ? Lies est superstitieux, surtout quand il s'apprête à combattre. Son gri-gri ? Sa paire de bandes Somos, celle avec laquelle il a mené son premier combat et qu'il continue d'utiliser à l'entraînement. La veille d'une rencontre, il la lavera à la main, repassera recto verso les vieilles étoffes jaunies. Enroulée aussi sacrément qu'une Torah, chacune des bandes fera 33 tours sur ses poings, son chiffre porte-bonheur. Ce petit rituel achevé, Lies pourra monter sans crainte sur le ring.

Clic-clac, il soulève un rideau métallique lourd comme un cheval mort, appuie sur un interrupteur. Les néons se mettent à sourire de leur plus bel éclat. Avec Hassan *aka* Gazouz, son associé, son assoce, son soce, Lies a ouvert un taxiphone. La clientèle est fidèle, mais pas assez nombreuse pour faire son beurre.

Assoiffé, il glisse un jeton dans la fente du distributeur qui accouche d'une boisson fresh – l'été, c'est sur les canettes qu'il fait du bénéfice pour sa poche. Il enclenche les gigas du vieux PC connecté sur le net, rajoute du papier A4 dans le bide du photocopieur, dépoussière les cinq cabines téléphoniques, décolle les Malabar cloués sous les combinés, vide les corbeilles, lustre le fax. Passe un coup de serpillière sur le carrelage ou ce qu'il en reste. Agrafe des affiches publicitaires qui se vantent chacune d'exercer les plus bas prix pour calls à l'international. Le rituel de mise en place terminé, la dernière lichette de glouglou absorbée, Lies est fin prêt à rendre le client roi, en échange de cash dans le tiroir-caisse.

Aux manettes de sa petite entreprise, installé derrière son comptoir, les doigts de pied en éventail, le ventilo pleins gaz, il consulte son horoscope sur un canard. En ce mois d'août, le Verseau ne s'en sort pas trop mal. Sauf en amour. Normal, Lies est célibataire, il a beau se mentir en se disant que rencontrer l'élue de son cœur n'est pas à l'ordre du jour, les nuits en compagnie de Madame Cinq vont finir par le rendre sourd.

Comme à son habitude, avec une certaine mélancolie, il lit le Lion sa mère et feu son père le Scorpion.

À la mort de Zyad, le père, enterré au pays trois hivers auparavant, Lies a voulu retrouver la trace de Lamia, sa mère. Partie sans laisser d'adresse, alors qu'il n'avait pas encore exécuté son premier jeu de jambes à la crèche. Elle ne supportait plus d'être trompée à tire-larigot, se refaire lifter la cloison nasale avec des punchs du droit, boire de la soupe à la paille en attendant que sa mâchoire se répare. Femme lettrée venue de ses montagnes, mariée sur un coup de foudre, Lamia avait dû encaisser les coups de boule d'un homme accro à l'alcool et aux truies d'autrui. La vie sans elle, Lies l'a vécue au ras des pâquerettes. Dans ses nuits d'ivresse, Zyad continuait à insulter l'âme d'une femme rescapée d'entre ses griffes. Au bled, le père s'était remarié en scred, discrètement, avec une jeunette, sans dire qu'il avait un fils de cinq ans. Lies n'a jamais vu cette belle-mère enracinée de l'autre côté de la mer.

Adolescent en quête d'identité, il avait trouvé une recette pour que son père parle de Lamia. Avec des petites filouteries, il récoltait des ronds, achetait des litrons d'alcool et malicieusement faisait boire Zyad. Une fois ivre et bien carave, Lies bordait le père qui dans son demi-sommeil répondait à des questions soigneusement ciblées. De whisky en whisky, Lies fut mis au parfum sur sa mère. De bouteille en bouteille, il apprit qu'elle s'était échappée d'un placard où Zyad l'avait mise en quarantaine juste après sa naissance. Elle n'était pas plus haute qu'une Piaf. Son visage avait la forme d'une flamme d'allumette, avec des fossettes. Ses yeux en amande luisaient telle une oasis. Son petit nez solide gonflait une poitrine que sa chevelure auburn tapissait avec toutes les nuances des plaines de l'Atlas. Sa voix douce avait un grain de sirocco qui jaillissait d'entre les voyelles. Elle se rêvait institutrice dans son village, jusqu'au jour où elle croisa le regard téméraire de Zyad sur sa monture. Ni une ni deux, le cavalier lâcha les rênes pour demander la main de cette princesse, sans même connaître son prénom. Le mariage fut scellé sous la bénédiction de youyous et des salves d'honneur d'une fantasia. Du jour où elle s'était fait la belle, Lamia n'avait plus jamais refait surface, les avis de recherche n'avaient pas permis de la localiser. Majeure et vaccinée, elle s'en était allée.

– Et moi, je suis quel signe ?

C'est Gazouz, le soce de vingt-cinq ans, taillé dans du small, des yeux de hibou, haut comme un pack de deux Mimie Mathy. Pour gagner des centimètres, il porte toujours des talonnettes dans ses italiennes en cuir véritable. Il tient la main de son rejeton, Slimane, son portrait tout craché en Lilliputien. Gazouz a plus de diplômes en poche qu'un dealer n'a de petites coupures calées dans son froc. Il aurait aspiré à un autre débouché que celui d'être à 50/50 sur une affaire sans bénef, mais comme il le dit lui-même : « Al-Hamdoulillah. » Sorti major de sa promotion, Gazouz aurait dû devenir ingénieur à l'Aérospatiale, et pas qu'au dire de sa maman. Ne pas reconnaître la matière grise de Gazouz en le décapitant de ses galons à la simple lecture de son nom à consonance arabique sur un CV achève de convaincre les armées de petits frères et les régiments de mères que rien ne sert de perdre du temps à faire des longues études car tout finira à la chaîne ou au pire dans un McDo de banlieue avec d'autres indigènes. Autant entrer dans l'illicite en attendant de se faire soulever par les Rois Mages de la BAC.

Sous le regard attendri de son fiston, Gazouz est en pleine accolade avec Lies, idéal masculin dans la lucarne de Pink TV. Passées les salutations du père, Lies se penche vers le petit prince, le soulève pour l'embrasser, mais le pater interrompt l'envolée.

– Non, il est malade. Tu vois pas ?

Lies fixe Slimane :

– Qu'est-ce qu'il a ?

– Tu rigoles ou t'as de la merde dans les yeux ? Il a au moins une rougeole.

Lies, chambreur, derrière son comptoir :

– Il a déjà de l'acné, il est trop en avance, ton fils, bientôt il va te taxer des feuilles à rouler…

– Si t'étais pas boxeur, toi… Bon, je fonce chez le toubib, on se voit demain. Inshallah…

Les deux Tom Pouce partent en urgence tandis que Lies garde les murs de la boutique, une affaire à faire tourner.

Lies est au point névralgique des quatre coins de la planète. Un client donne des nouvelles du front en Tchétchénie, un autre de la famine en Chine, Soo Mongo de la récolte au Mali, Pinto parle des feux de forêt au Portugal. L'AFP a une longueur de retard, la belle bleue va mal, pas besoin de sortir d'entre les cuisses de Jupiter pour sentir la merde d'une apocalypse annoncée. Dans les vingt mètres carrés du point phone, le monde entier se croise, se salue, une véritable arche de Noé. Lies essaie tant bien que mal de décrypter les renseignements qui pleuvent à ses oreilles. Donne le préfixe du Soudan, l'indicatif de l'Indonésie, vend une carte à code pour la Bulgarie, encaisse la communication de la cabine trois, explique à une mamma que l'appel sur un répondeur n'est pas free. Répète à un Inuit que la maison ne fait pas crédit. Vire le junkie en train de se faire un shoot dans une cabine. Envoie un fax pour le Brésil. Rend la monnaie d'un appel pour Tel-Aviv. Offre une boisson à bulles à une marmaille d'enfants venus accompagner papa-maman. Leurs yeux sont pleins d'innocence, avec de petites gorgées de moineau, ils ingurgitent le soda en poussant des soupirs de satisfaction.

– Pour l'internet, s'il vous plaît.

La tête dans les nuages, Lies se fait sonner le gong : un bijou précieux d'une vingtaine d'années brille devant lui. Charmeur, il sourit et se mange un vent. L'inconnue a des yeux noir rubis aux reflets si intenses que le temps d'un face-à-face on devient le centre du monde. Derrière son comptoir, Lies lui tend maladroitement le code pin de l'ordinateur. Elle le saisit avec des doigts délicats, ses ongles sont griffés Chanel, son visage est celui d'une rose le matin de son éclosion, sa chevelure torsadée donnerait le tournis à une balle à ailettes. Lies ne parvient pas à décocher une syllabe, sa salive s'est transformée en super-glue. La belle est calibrée sur une unité de mesure qui ruinerait les sept merveilles du monde. Elle s'éloigne du comptoir et fend la foule, sa démarche féline ferait rugir un muet. Elle est sexy. Son jean tranche ses fesses comme deux délicieuses parts de pastèque, ses seins croquants gigotent sous son tee-shirt bon à démouler. Sa hauteur n'atteint pas les sommets de l'Himalaya mais la faire s'allonger pour une nuit d'amour doit être aussi miraculeux que de chausser le petit soulier de Cendrillon.

Lies n'a toujours pas encaissé le KO, son cœur a fondu sous l'onde de choc du coup de foudre. C'est elle qui surfe et c'est à lui de boire la tasse. Lies est un grand timide, un peu fleur bleue, pas de ceux qui soulèvent les conquêtes en un coup de quéquette et bye bye poupée, en cela il n'est pas le fils de son père. Il veut croire aux belles histoires d'amour, même s'il se garde bien d'ébruiter ses convictions de lover aux oreilles de la tess, bloquée sur la fréquence B.Boy.

À l'heure de l'entraînement

À mesure que l'on s'approche du gymnase de la Gerboise, les murs tremblent à en filer la chair de poule, les carreaux vibrent en chantant l'air du cobra, le club de boxe résonne de *boum boum* assourdissants. La salle est située dans l'ancien hangar du complexe sportif, elle reste modeste mais ne se néglige pas. Les murs sont recouverts d'affiches de boxeurs internationaux et du terroir. Lies, l'enfant du pays, y fait bonne figure. Il poursuit son ascension pugilistique sous les couleurs du club, pour le plus grand bonheur de son coach Mendoza.

Cet été, Lies est le taulier, il fait tourner le club avec panache, transmet la science du ring à une dizaine de poulains bouillants qui se donnent à fond sous son regard approbateur. Au cœur de la salle, les boules Quiès ne sont pas d'un grand secours, ça cogne dur et fort. Les poings gantés, projetés en piston, émettent un son spécifique selon le cuir sur lequel ils s'écrasent. Lies chef d'orchestre en tenue de sport sait qu'une salle de boxe doit avoir du groove et effectivement la musique composée par ses gladiateurs a du jus, elle conte l'envie de s'en sortir, devenir champion, amasser assez d'argent pour mettre la famille hors d'atteinte des chacals, des huissiers et du seuil de pauvreté. Le sac de frappe n'a pas un jeu de jambes assez rapide pour esquiver les coups d'enclume du poids lourd taillé dans un menhir, le cuir tonne comme un tambour des Wailers. La sueur gicle. La glotte du punching-ball sous les japs d'un poids moyen braille aussi fort qu'une Fender maltraitée par Hendrix. Les crachats percutent le sol et font des étincelles.

Le banc de musculation fait gonfler les pec' d'un poids léger libérant des expirations à la James Brown. Le sang coule et s'encroûte. Les corps se tordent. Face au miroir, le poids paille envoie des swings plus expéditifs que l'archet d'un Stradivarius. L'endorphine sécrétée dans la salle est si pure qu'elle ferait planer Dumbo. À l'extérieur, le soleil ne s'est pas encore couché, les portes sont béantes, aucun filet d'air frais ne se bouscule au portillon. Lies, perfectionniste, rectifie l'angle d'un crochet du droit, donne une astuce sur un pas de côté, consolide le bandage d'une main gauche, encourage, offre à boire. Il a fait ses premiers pas dans ce petit atelier, jour après jour il y a forgé son mental, accepté son corps, trouvé une seconde famille, appris à devenir boxeur. Il regarde le time défiler sur le chrono pendu autour de son cou. D'une voix ferme et précise il punche :

– À Marseille, je veux voir de la belle boxe, c'est pas fini, on accélère jusqu'à la fin du round, allez, on serre les dents…

La salle se met à gronder sous un torrent de coups sauvages, elle brûle d'énergie positive. Sur les posters, Mohamed Ali a retrouvé son jeu de jambes papillon. Les sons claquent. Tyson cherche à croquer une deuxième oreille. Les haltères se fracassent sur le sol bétonné. Cerdan s'accroche au baiser de la môme Piaf. Les respirations ont le souffle du tonnerre. Joe Louis continue à cueillir Max Schmeling sur de redoutables bolo punches. L'oxygène devient rare.

Sugar Ray Robinson détrône Jack La Motta sous le sourire des projecteurs du Madison Square Garden, Mecque de la boxe. Les points de côté font tirer les langues.

Lies pousse son groupe jusqu'à la souffrance. L'apprentissage de la boxe ne peut se vivre que dans la répétition de la douleur, le plaisir viendra plus tard, au combat, en habit de lumière, plaisir d'exister, entendre la foule scander son nom, évacuer toute sa férocité sans qu'on puisse vous le reprocher. Sur le ring les coups te fendent, le souffle est coupé, la douleur humilie ta dignité d'homme. Chiale ta mère, elle te fait un bras d'honneur pour que tu n'oublies jamais, seul tu es entre ces douze cordes. Les boules de cuir te ramollissent la cervelle, te cognent la cloison nasale et la détournent de sa ligne droite. Si tu négliges ton training, tu deviens un amuse-gueule.

L'horloge sonne pour annoncer la fin des trois minutes d'effort. La salle retrouve un calme digne d'un lieu de prière. Les boxeurs sont réglés comme des montres suisses, 180 secondes de combat et une minute de repos. Lies observe son team récupérer, s'abreuver aux lavabos au-dessus desquels on a punaisé un portrait de lui brandissant sa ceinture de champion. La boxe, c'est son histoire d'amour, elle l'a rendu courageux, fort, humble, conscient qu'il lui aura fallu être champion pour se sentir respecté par une France qui, il n'y a pas si longtemps, s'empressait de renifler si sa paume sentait le gasoil d'un cocktail Molotov. Ses blessures, il a su les suturer, au coup par coup, même si la partie est loin d'être gagnée. Lies n'a pas d'espoir pour les générations futures issues de la tess, pas plus qu'il n'en a pour son éventuelle descendance. Auprès de ses jeunes poulains, il tente toujours de désamorcer l'élan rageur contre la nation, mais au fond il aimerait que tout pète, que l'on cesse de traiter comme des chiens ceux qui n'ont que des crocs pour s'exprimer.

Pendant la fine minute de repos, il s'est introduit dans un cube en contreplaqué mordant sur l'espace de la salle d'entraînement. L'endroit est réservé aux entraîneurs, c'est un bureau étroit d'où on peut continuer à observer son équipage à travers un plexiglas panoramique. La pièce est éclairée par un halogène qui diffuse le strict minimum de clarté ; les parois en bois mâché sont peintes en jaune et vert, couleurs des armoiries du club. Dans la partie nord, une armoire déborde de gants de frappe, de sacs, de casques de protection, Vaseline, pattes d'ours, ruban adhésif, coquilles, cordes à sauter, le tout à disposition des licenciés. Dans l'angle opposé, un portemanteau est étoffé par les vêtements civils de Lies qui pendent comme des fruits de saison. À gauche, une vitrine exhibe quelques coupes cabossées ; une trousse à pharmacie pleine de aïe aïe aïe, une corbeille à papier au fond de laquelle deux noyaux de pêche se battent en duel, un pupitre pris en étau par deux chaises au confort discutable, sans oublier le nouvel arrivant, le pèse-personne prêté par son ogre de voisin. La balance exerce sur le poids du boxeur une sanction plus redoutable que la charia. Perdre un gramme pour un combattant à la limite de sa catégorie peut se révéler aussi douloureux que d'être amputé d'un membre sans anesthésie. Lies se sent bien dans le placard VIP, sa respiration apporte à son cerveau des odeurs mémorisées comme un million de frissons parcourant son corps. Il plonge ses mains dans son sac de sport et en extirpe le caméscope.

Au bord du ring, attentif à la mécanique des corps, Lies cadre et prodigue ses conseils à Teddy et Samir qui se fritent à la vie à la mort. Il leur demande de ne pas porter les gnons. Les poulains se savent filmés, ils veulent immortaliser sur la bande des enchaînements de bourreau. Plier son adversaire par tous les moyens, sur le ring c'est la règle, absolue. L'œil droit collé à l'œilleton de sa caméra, Lies ne parvient pas à faire le point sur les deux pugilistes vifs comme des spermatos un jour de grand départ. Il zoome et dézoome, rien n'y fait, il y a comme un voile, un brouillard. Un problème technique, peut-être ? Il dévisse l'objectif, la brume reste collée à son œil droit, mais après un rapide frotti-frotta il retrouve un parfait 10 sur 10.

Le round terminé, les deux adversaires se font une chaleureuse accolade, Lies les aide à retirer leur casque de protection, donne à boire à Samir qui demande :

– On pourra voir le film pour corriger nos erreurs ?

– Désolé, une poussière dans l'œil m'a empêché de filmer, mais regarde…

Lies piano piano se met en garde devant Samir, volontairement il place son poing droit très en dessous de son menton :

– Tu laisses ton bras arrière tomber sous ta barbichette et une fois la garde basse, tu te fais toujours cueillir par les pistons de Teddy. Pense à lever ta garde.

D'un geste vif, il remonte son poing droit pour le caler contre sa joue, retrouvant une garde hermétique. Attentif, Samir écoute et photographie les mouvements décomposés par son automate d'entraîneur.

Lies regarde son chrono et siffle le coup de gong final :

– Allez, c'est fini pour aujourd'hui, bravo, on range le matos… Aux douches et pas de bataille d'eau, sinon je vous fais boire la tasse…

La salle est vide. Lies passe un coup de serpillière sur le sol maculé de sueur, retend les cordes du ring, puis, muni d'une raclette, il cleane le miroir 2 × 1. Il s'y contemple, sa tenue est dépareillée : un épouvantail n'aurait pas songé à un tel accoutrement pour effrayer les corbeaux. Ses mains sont recouvertes de bandes jaunes effilochées, son tee-shirt marron imbibé de transpiration est plus troué qu'un déserteur devant un peloton d'exécution, autour de sa taille un ruban adhésif ATTENTION FRAGILE maintient son bas de survêt' gris clair. Sa paire de baskets orange fluo fait peine à voir. Avec son style de pouilleux, il ne manque plus que la tente Quechua pour qu'il devienne un Indien des trottoirs parisiens.

À l'heure du dîner

Dans sa cuisine blanche du plafond au lino, nu, décontracté du gland, assis sur un tabouret rouge, Lies avec appétit mange des pâtes au beurre. Sa mâchoire claque à la manière d'une machine à écrire en pleine inspiration. Les coudes cloués sur la table, il fait le bras de fer contre les lourdes enfournées, al dente. Les joues pleines, la tête en avant, il mastique les sucres lents bien mérités de cette fin de journée. Les yeux plombés sur la nuit peinte aux vitres des fenêtres, il termine d'ingurgiter sa boue de pasta puis s'attaque au dessert, une salade de fruits aux pesticides pas jolis jolis.

À pas d'heure, les voix du dehors imposent leurs conversations, les bruits des bécanes de cross en plein rodéo font remonter les pleurs des nouveau-nés par le conduit digestif de l'immeuble.

Une fois la vaisselle achevée, Lies est passé dans la salle de bains. L'eau s'est mise à couler en cascade sur son corps d'étalon, ses muscles ont l'harmonie d'une partition de Mozart. Ses jambes sont fuselées à rendre jalouses toutes les meneuses de revue, plus incompressibles qu'une peine de prison sont ses fesses. Son sexe circoncis a une belle allonge. Lies fait tomber le rideau de ses oculaires. Le jet s'abat sur son visage aux pommettes si saillantes qu'elles pourraient lui valoir une interdiction d'embarquer dans un 747. Le gant savonneux astique l'arcade droite consolidée par une barricade de neuf points de suture. Le coton mousseux glisse sur ses joues creusées en coquilles Saint-Jacques, frotte son menton d'encaisseur comptabilisant plus de coups au compteur qu'une pute en fin de carrière. Sa bouche ourlée fredonne un tube aquatique qui ne résonne pas plus fort que la pluie diluvienne tombée du pommeau.

Il se rince, s'essuie, se brosse les dents et avec un coton-tige vire les dernières gouttes d'écume embusquées dans ses oreilles. Enfile son peignoir vert satin, rabat la capuche sur sa caboche et s'introduit dans sa chambre. Le matelas est postité au sol. Les murs sont vierges, semblables aux neiges éternelles, pas un clou pour suspendre un article ou un portrait en rappel, seuls des moustiques patinent sur le plafond. Des trophées se pavanent sur une commode bancale négociée dans une brocante. L'ampoule à vis se dandine au rythme des secousses de la famille nombreuse du dessus, il arrive qu'elle grille lorsqu'ils font la nouba.

D'une main solide, Lies saisit une coupe à la circonférence d'un tour de tête, la fait miroiter avec une chaussette et un crachouilla, puis la rapproche tout près de sa citrouille. Le reflet convexe déforme sa mirette pareille à un œuf d'autruche, il se tâte le globule avec le doigté d'un gynéco, se regarde dans le fond de la prunelle droite, cligne et recligne de l'œil, décidément, un flou embrouille son focus. Pas toujours facile d'esquiver les coups de son adversaire, les séries font mouche et donnent peu à peu à voir du brouillard.

À l'heure de l'enfermement

2 août.

Lies ôte ses lunettes de soleil. Le regard plissé, il présente sa pièce d'identité française, vide les poches de son pantalon, laisse un homme assermenté trifouiller ses alentours intimes, palper ses chaussettes, triturer sa paire de baskets et vider son sac de sport. Il franchit un détecteur de métaux, suit au pas un black des îles au visage d'ébène et à la barbe stylisée. L'homme en uniforme de maton, le torse en avant comme un coq dans sa basse-cour, ouvre avec son lourd trousseau des portes musclées de barreaux d'acier. L'éclairage électrique du centre pénitencier est plus vicieux qu'un rayon X, Lies marche tête basse pour ne pas se faire griller la rétine sensible.

Le gardien donne un clin d'œil à un perpète en train de passer un coup de serpillière dans une aile de haute sécurité, salue un collègue qui tente de calmer des détenus hurlant à travers la lourde d'une cellule. Un haut-parleur strident rétablit le silence.

Une silhouette tire un chariot plein de plateaux-repas épicés de bromure pour annihiler les libidos. Des mineurs, paquetage au dos, découvrent la jungle des oubliettes. La zonz' est l'école du crime, elle transforme l'innocent en bête sauvage et l'enrage lorsqu'il prend conscience de cette justice au service du plus riche. Dans le couloir de l'infirmerie la queue est longue, sur une civière un détenu vient ôter les dix points de suture de son anus visité par un codétenu, un toxico gobe sa méthadone, un galérien se fait recoller les veines tailladées la veille. Dans le labyrinthe pénitencier, Lies reste électrochoqué lorsqu'il aperçoit au bout d'un couloir une quinzaine de rats sans numéro d'écrou traverser l'aile du grand quartier.

Dans une indifférence déconcertante, le maton se met à parler avec son fort accent créole :

– Pour moi, la boxe, elle est morte le jour où Mohamed Ali a raccroché les gants. Aujourd'hui c'est tous des tocards, Tyson il était bon mais trop fuck top... D'après toi, de Mohamed Ali ou de Tyson, qui gagne ?

– C'était pas la même époque...

– Ouais, mais la même catégorie, pour moi y a pas photo, Ali... Toi, tu as fait combien de combats ?

– Vingt et un en professionnel...

Le timal titillant cherchant la petite bête :

– Et des KAOU ?

– Cinq avant la limite, le reste aux points.

À travers les œilletons des mitards, Lies se fait

scanner par des regards paumés. Les odeurs de Javel, de sang, de dégueulis, de pisse, de sperme, de détresse se laissent respirer à contrecœur.

– Ça va ton pif, il est pas trop explosé. Et des combats truqués t'en as fait ?

– C'est pas dans mon éthique.

Le gardien ouvre une énième porte :

– Si j'avais été boxeur, j'aurais été un styliste.

Il se met à exécuter un jeu de jambes maladroit. Lies le regarde tourner, ne lui manquent que les plumes et le totem. Il projette des enchaînements qui n'écrabouilleraient pas un yaourt, les clefs carillonnent un air de liberté. Le regard méchant, le dom-tom commente sa gymnastique sous le rictus de Lies charmé par ce maton apache qui se rêvait boxeur.

– Gouche gouche gouche loupercut et la sa fou KAOU cougna manmanw.

Puis, essoufflé par son moindre effort :

– Parmi les détenus, y en a qui sont de la graine de champion ? Ou c'est tous des bras cassés ?

– Certains ont du potentiel, mais je pense pas qu'ils viennent à mon cours pour faire carrière, ils s'entraînent pour oublier la peine qu'il leur reste à tirer.

– S'il y avait encore la peine capitale, ils réfléchiraient à deux fois avant de commettre leurs crimes. T'es pas d'accord ?

Impassible, Lies observe l'homme noir dans son uniforme.

– Il n'y a que Dieu qui peut juger de qui doit mourir ou pas. Moi, j'ai pas ce pouvoir.

Sur ces paroles, le gardien ouvre une porte en fer et se débarrasse de l'éducateur sportif.

Lies se retrouve dans une cage tenant lieu de micro-salle de sport. Les murs sont épais, badigeonnés de blanc cassé au moral. Les barreaux rouillés des fenêtres ont la solidité d'une érection juvénile. Le sol fignolé en béton apparent est fissuré par endroits. Lies fait l'appel des quinze détenus participant à son cours. En tenue de sport et déjà en nage, ils ont entre vingt et cinquante berges. Lies ne connaît pas le pedigree de son crew et ne cherche guère à en savoir davantage. Derrière une vitre teintée le maton surveillera l'activité. Lies est arrivé entre les quatre murs de la taule sur un coup de piston du député maire fan du champion bleu-blanc-rouge. Le bonus arrondit ses fins de mois difficiles, mais comme rien n'est gratis en contrepartie Lies se retrouve à jouer le beur de service lors des réceptions de l'hôtel de ville. Un pacte mal perçu par certains lascars du ghetto qui, derrière son dos, l'ont surnommé la « Marianne ».

En six mois, Lies est parvenu à faire de son entraînement un rendez-vous incontournable. Il enfile son débardeur, chausse sa paire de baskets orange fluo ; les mains bandées de son étoffe fétiche, il fait s'évader des malles bleu métallique un sac de frappe en cuir si tanné par les beignes qu'il pourrait se reconvertir en préservatif pour rhinocéros. Deux détenus s'entraident pour le suspendre au plafond.

Lies distribue ensuite des paires de gants puant la mort, quelques cordes à sauter rafistolées, un gang de dix haltères qui ne fait plus le poids. Il met de côté une patte d'ours encore chaude des rafales d'il y a trois jours, puis avec une craie blanche trace sur le sol un carré délimitant le ring. La patte d'ours engrossée, il est fin prêt à donner une leçon à Pablo, un homme mûr au visage armé d'un regard de tueur à gages. La garde haute, le killer est impatient de se décharger. Il fixe Lies avec la sensibilité d'une gâchette. Au feeling, il projette des séries dans la patte, comme des coups de poignard dans le dos d'une belle-mère.

– Oui, j'aime ça, serre plus ta garde et pivote sur ta gauche... Je veux plus ressentir ta droite... Ne te précipite pas, Pablo...

Les coups claquent, Lies approuve, il délivre une leçon de neuf minutes, trois rounds à cent pour cent, tout donner, évacuer sa rage, se perdre dans l'asphyxie de son dernier souffle, tirer la langue et prier le bon Dieu de nous épargner la crise cardiaque. Lies encourage avec colère le boxeur devenu tout pâlot après avoir perdu les calories de sa gamelle.

Le taulard finit sa séance le corps fourbu mais fier de ne pas avoir lâché prise. Lies lui demande de boire et de faire quelques exercices de stretching pour éviter la morsure d'une crampe. À son cou, le chrono fait tourner les secondes, les minutes, les rounds et les lourdes peines. Les bras de Lies sont si costauds en long et en large qu'ils paraissent dopés.

Les détenus sont disciplinés. À l'intérieur du ring tracé au calcaire, Lies observe Ouasine, un taulard de trente ans toujours à l'écart du groupe, il saute à la corde plus vite qu'une lamelle de hachoir ne découpe un steak de cent grammes. En prison, certaines peines sont moins catholiques que d'autres, les viols et les meurtres d'enfants sont les pires. Lies pressent que Ouasine est de ceux-là. Sur ses avant-bras, il compte une cinquantaine de lacérations. Des tentatives de suicide pas assez profondes pour sentir le sapin. Ouasine est brun, des yeux de prédateur blottis dans une gueule d'ange, il a une douceur apparente, n'est pas de ceux qui aboient. Mais entre ses mains le sang d'une victime se refroidit en un éclair.

– Ouasine, je te donne une petite leçon…

– Non, moi je saute, c'est tout.

Lies n'insiste pas, il observe Ouasine dont les yeux s'évadent au loin, il est le chien galeux d'une prison construite sur les ruines d'un démon, seul dans sa cellule, il gobe des cachetons pour mieux digérer sa perpète.

Au bout d'une heure d'entraînement, Lies se fait siffler la fin du cours par le maton. Le matériel a été soigneusement réintroduit dans les malles bleues, la salle retrouve son calme. Les détenus ont regagné leurs neuf mètres carrés à trois et l'éducateur sa liberté.

À l'heure du goûter

Tapis à l'ombre d'un hall de la tess, Teddy et Samir inséparables se rafraîchissent le gosier avec un cône roulé par Miko. Le chocolat-vanille des ice-creams s'évapore comme une nappe phréatique. Le soleil lèche le béton et fait presque fondre ses armatures, la chaleur est difficilement supportable, elle donnerait presque envie de squatter une morgue.

En short baggy, assis sur un squelette de caddie, Samir s'improvise sage-femme, avec une lame de cutter il opère d'une césarienne une maman cafard prête à pondre. Teddy grille d'une allumette les œufs et la mère qui va avec puis en craque une autre, admire la flamme avant de l'éteindre sur le bout de sa langue. L'odeur et le goût du soufre lui donnent un aperçu de l'Enfer, où il se dit certain de finir à cinquante pour cent.

Teddy a été élevé par sa grand-mère, dès son plus jeune âge les services sociaux ont jugé bon de l'éloigner de parents junkies abonnés aux séjours en prison. Lorsqu'il était bébé, sa daronne dissimulait les seringues au fond de sa couche et son daron ensevelissait les doses de came dans ses petits pots. Pour les stups la cachette n'avait rien d'original. Teddy connaît les ravages de la drogue et n'y touchera jamais. Ses parents sont des zombies qu'il préférerait morts pour ne plus être hanté par les cauchemars qu'ils lui font subir. Une fois par an, sans prévenir, ils réapparaissent chez la mère-grand, corps cadavériques, regards séchés, voix raclées brûlant toute entente. Teddy, les yeux baissés par la honte, ne se laisse pas toucher, évite les baisers acides de sa mère, fuit l'accolade de son père aux bras semblables à deux branches infectées de termites. Vénère NRV, il se réfugie dans sa piaule et mutile son corps, fruit amer pondu en milieu carcéral. Il se griffe le visage pour ne plus y retrouver les traits de sa mère, s'arrache sa blonde chevelure héritée du pater.

Sur le plafond de sa chambre, à la suie de bougie, il les maudit noir sur blanc, dans une ode implorant l'O.D. :

Vous sniffez, moi je sniff sniff
sans poudre au nez.
Vous vous droguez, j'hallucine
dans vos nuages de fumée.
Je suis pauvre, vous rackettez mamie
pour la dose.
Mes larmes sont la potion
de votre overdose.
Maman, papa dormez sur un coup de pompe
et laissez-moi en paix.

En chaleur, Teddy liquide son surplus de testostérone en racontant crûment l'un de ses exploits olé olé :

– La meuf, quand elle a vu ma grosse euk, elle a commencé à yémou grave, elle a eu un orgasme avant même que je l'aie chétou. Moi, je savais que c'était une cegar, elle avait un boul, ça m'a fait mal à la tête. Et quand elle a commencé à me céssu, je lui ai mis un oide.

Samir, la bouche ouverte, écoute et se délecte. Teddy mime à la perfection chacun de ses commentaires, ses mains pétrissent la meuf aux trois orifices.

– Suite tout après, elle m'a enfilé une poteca avec sa chebou, j'avais la legau, mon frère…

Samir, un brin envieux :

– Où tu l'as pécho ?

Teddy menant le bal de ses préliminaires, bavant dans sa diction :

– On s'en fout où je l'ai rencontrée, je te raconte comment je l'ai taro… T'as les nerfs parce que moi je serre et toi c'est la lettbran…

La tête d'olive de Samir se change soudain en ogive et il explose :

– Arrête de me mitonner avec tes fausses histoires de cul, tu crois qu'il y a que toi qui captes Canal ? Je l'ai vu le film hier… t'es un baratineur.

Teddy a été compté dix et ne s'est toujours pas relevé. Sans prendre le temps de se taire Samir lance un second Scud :

– T'es juif, Teddy ?

Silence.

– Parce que dans la tess y en a qui disent que t'es juif.

– Tu débloques ou quoi ? Arrête la boxe… Et tu me casses les couilles.

Teddy abandonne Samir sur le trône de son caddie.

À l'heure bleue

Lies est de retour du centre pénitencier. Il traverse sa cage d'escalier ornée de gribouillis débordant du plafond au parterre, il déchiffre à la va-vite un mot, une phrase imbriqués dans le méli-mélo multicolore. Sur la plinthe, dans une couleur indigo tape à l'œil à la calligraphie wildstyle, il lit :

Mon hall ma T'hall mes pôle positions

Tout en continuant sa progression vers l'ascenseur, affligé, il médite sur ces neuf syllabes. La taule est devenue un passage, un rite initiatique, une circoncision invisible, une marque de fabrique : tu n'appartiens pas au clan si tu n'as pas goûté à la gamelle. La génération des petits frères a perdu la dignité des pères et n'a plus d'émotion devant la larme d'une mère, ils sont devenus ce qu'on attendait d'eux, des baltringues instrumentalisés par les médias, les politiques, les arts et les religions. Lies à tout hasard fait un appel du doigt à l'ascenseur.

Allélouïashalomalikoum, il fonctionne. Étage après étage, il chute vers le point G du rez-de-chaussée où il est attendu de pied ferme.

Sept paliers plus haut, suspendu à la poignée de sa porte, un sac biodégradable rempli de pommes reinettes l'attend, accompagné d'un petit mot écrit gauchement :

Ma récolte, 100 pour 100 naturel, Jeannot.

Perplexe, Lies frappe à la porte de son voisin qui ne tarde pas à ouvrir. Son sourire retapé au burin le rend sympathique. Il est rasé de près, exhale une forte odeur d'eau de Cologne. Son visage d'ogre reste imperceptiblement inquiétant, petit il a dû être refait aux forceps, Quasimodo l'aurait vu en frère, mais c'est pas bien de se moquer. Jeannot porte un peignoir de bain mauve délavé et tout râpé. D'une franche poignée de main, il introduit Lies dans ses quartiers sans que celui-ci ait le réflexe de refuser. Le teum-teum est sombre, les meubles sont massifs, la moquette épaisse, la prestigieuse bibliothèque dans le couloir a certainement participé à la moitié de la déforestation de l'Amazonie. Des photos de Jeannot à la belle époque de ses vingt ans parsèment les murs.

– C'était juste pour vous remercier pour les pommes, articule Lies pris à contre-pied.

– Elles viennent de mon pommier vingt ans d'âge, glousse Jeannot.

– Vous avez un bout de terrain dans les champs ?

– Avec toutes les pêches que j'ai ramassées dans la mouille, j'ai fini par apprécier le jardinage… Et vous, ça va ?

– Oui, on fait aller, je ne vais pas vous déranger plus longtemps.

Lies s'apprête à faire demi-tour pour rentrer chez lui, mais Jeannot l'arrête :

– Je peux vous demander un service ? J'aimerais que vous m'écoutiez, ça ne prendra pas plus de cinq minutes. Dites-moi simplement ce que vous en pensez, d'accord ?

– Euh… si vous voulez, répond Lies, embrouillé par son envie de déguerpir et sa politesse.

Jeannot l'installe sur le fauteuil du salon et s'absente. Lies n'est franchement pas à l'aise, sa tête fait et refait l'inventaire de la pièce pas très spacieuse. En dehors du train fantôme, il n'a jamais vu chose pareille. Les rideaux en coton ont été grignotés par des mites fans des *101 Dalmatiens*. L'ampoule sur le lustre du plafond a emprisonné une luciole en fin de vie, elle n'éclaire plus que son nombril. Sur la table imitation Louis Soleil, un vase de fleurs séchées continue à être arrosé depuis le premier amour. La tapisserie est dépeinte de tous ses hiéroglyphes. Une cage à cui-cui abrite un dentier sur lequel des plumes de volaille ont été collées. Une perruque de lord calfeutre un trou de souris. Le téléviseur noir et blanc est HS, l'écran s'est fait fêler la tête à coups de zappette.

Les mains posées sur les robustes accoudoirs du club, Lies regarde les centièmes de seconde qui tracent sur son chrono, fatigué, il bâille, se frotte les paupières... Et quand ses doigts se décrochent des rideaux globulaires, Jeannot est là, à moins d'un mètre. Il tient une bougie, a revêtu un habit du dimanche. La mine sombre, éteinte, il se déplace en rond dans le salon, captivé par la flamme de son cierge. Il a également mis des chaussures noires cirées de main de maître. La moquette amortit le claquement de ses cent pas. Il se gratte le front, se tâte le menton, tend l'oreille à gauche puis plus à droite, comme s'il avait perçu un bruit dans le couloir, mais à l'intérieur comme à l'extérieur c'est le calme plat.

Lies, muet, se sent pris dans un engrenage dont il n'a pas le code pin de sortie. Jeannot se plante devant Lies engoncé dans les profondeurs de son fauteuil, puis il fronce le regard en direction de son hôte qui tant bien que mal essaie de déglutir. L'ogre se met alors à lâcher une gueulante aussi surprenante qu'un tsunami dans une flaque d'eau :

– La vie est une salope, elle m'a enlevé celle que j'aimais, je suis vieux, dans un trou à rats sans bonjour ni merci, ma mitraillette a fait les croisades et ma pension me permet à peine de payer le loyer, militaire, au salut, mes gosses m'ont abandonné, me disent que je perds la boule, la nuit quand je m'endors je fais des cauchemars, revois mes compagnons morts en mission, la guerre c'est pas joli, la guerre c'est pas joli, je n'ai pas contesté les ordres, femme et enfants tatata-tatata sous le feu de ma mitrailleuse le sang de mes victimes innocentes me borde dans mon pieu, Dieu pardonnez-moi, je n'étais qu'un pion au service d'un hymne, un soldat fougueux sans foi ni loi, un homme fou et gueux à la fois…

Jeannot souffle sur la flamme de sa bougie, son œil est gorgé d'émotion, il s'incline devant Lies et d'une voix monocorde il demande :

– Vous en pensez quoi ?

– Bah, j'ai pas bien compris ce que vous vouliez me dire, c'est sûr que la vie est une salope, mais il faut continuer à se battre… Vous allez mal comment ?

Jeannot se met à rigoler si fort que ses tablettes d'abdos refont surface sur son bide mousse au chocolat.

– Vous savez, enchaîne Lies avec précaution, y a des gens spécialisés qui pourraient vous écouter… Moi je n'ai qu'une formation d'éducateur sportif, je peux remonter le moral à un athlète mais pas…

Rouge de son fou rire aux larmes, Jeannot sort de sa poche un morceau de papier chiffonné de mots, le tend à Lies :

– C'est un petit monologue que j'ai écrit, je suis dans une troupe de théâtre amateur… Le metteur en scène m'a demandé d'interpréter un petit, comment dire ? une petite présentation de moi vu dans mon émoi. C'est un peu prise de chou à décrire, mais ça vide et ça fait du bien, je voulais le réciter à une personne neutre avant de l'interpréter devant la compagnie… Demain je me jette à l'eau, et j'ai le trac.

Le spectateur enthousiaste, bluffé :

– Franchement, vous êtes convaincant, le rôle il est pour vous…

L'acteur, faussement modeste :

– Ça parle de moi, donc j'ai pas grand mérite. Le théâtre, c'est la thérapie qui exorcise mes cauchemars. Les planches m'ont désarmé, j'ai toujours eu un caractère de cochon, jamais je n'ai exprimé la moindre émotion, ni à ma femme plus de ce monde, ni à mes enfants qui m'ont rayé de leur vie. Sans la compagnie théâtrale, je me serais foutu en l'air, il y a du contact humain, on se regarde sans que ça blesse personne, rien à voir avec ce qui se passe dans la cité où pour un non ou pour de rien on peut te faire la peau et quelle que soit ta couleur ou ta religion c'est devenu l'anarchie… et les politicards qui s'intéressent à nous juste vingt-quatre heures avant les élections. La prochaine fois, si j'en chope un je le mords, et comme il n'attrapera pas la rage, il comprendra peut-être que nous ne sommes pas des chiens. Ce que je dis ne changera rien mais de brailler ça m'a donné soif… je te propose bière, vin, whisky ?

– De l'eau, merci.

– Un château-la-pompe, alors.

Jeannot s'embusque dans la cuisine, la robinetterie gronde, à croire que l'eau joue de la derbouka.

Lies en profite pour se pencher sur le texte écrit avec force et authenticité. L'écriture est soignée, l'encre bleue déborde sur la marge. Lies lit le passage en se lâchant dans le ton et l'émotion. Son interprétation revue et corrigée résonne jusqu'aux grandes oreilles de Jeannot qui sort de sa kitchen, un verre d'eau sans GHB d'une main et dans l'autre un verre de red wine. Lies interrompt aussitôt sa lecture et repose le parchemin sur la table.

– Tu peux continuer, tu me causes d'une jolie façon.

– C'est votre style, il fond dans la bouche. On dirait du slam.

Les deux hommes trinquent, Lies engloutit son verre d'aplomb tandis que Jeannot engrosse sa cirrhose.

À l'heure de la montée du drapeau

3 août.

Lies et son essaim de jeunes boxeurs cavalent, ils s'échappent du quartier. Peu à peu la nature refait surface, la terre moelleuse amortit les pas au galop. Les champs de maïs, salades, pommiers, cerisiers, colorent le parcours. Une expiration chasse le goudron, deux inspirations butinent à pleins poumons les odeurs délicieuses et sucrées de la mère nourricière. La meute de poulains en bave en silence, luttant contre les attaques des points de côté. Samir et Teddy sont toujours en froid, ils ne se sont guère salués et pas plus regardés. Lies a tout intercepté dans son champ de vision. La distance et le mépris des deux leaders influent sur la sérénité du groupe. Lies les sent chauds, prêts à sortir des règles du sport et à se mettre sur la gueule. Il lance une accélération surprise :

– Allez, on tape une pointe jusqu'au talus devant nous...

Teddy et Samir, toujours opérationnels pour les

défis, se catapultent dans un sprint éperdu, en quelques foulées ils larguent le coach et les vingt gambettes des copains. Le talus est le seul objectif, au coude à coude sans un regard l'un pour l'autre, les deux garçons serrent les mâchoires, grimacent, chahutent la tranquillité délicate des salades. Les yeux grands ouverts, ils cavalent, aucun des deux ne réussit à prendre le dessus, le point d'arrivée n'est plus qu'à un souffle de là. Les Pumas lacèrent le parterre, les Requins flottent dans les airs. Sur le champ de course ils carburent en se donnant des coups de cravache au cœur.

Lies ne mise ni sur l'un ni sur l'autre. La casaque grise de Samir ne profite pas assez de ses appuis, son corps est désarticulé, ses bras moulinent dans le vent, sa respiration est saccadée.

Teddy, casaque marron, patauge dans ses Pumas ferrés à une autre pointure que la sienne, son corps est tendu, sa tête bascule en arrière, ses bras ne se déploient pas suffisamment, sa respiration est boulimique. La ligne imaginaire franchie, Lies dans le lointain expédie un audible et puissant *Ex aequo* dans les feuilles de chou des pur-sang. Samir et Teddy ont laissé leurs tripes sur le cent mètres, myocarde métamorphosé en marteau-piqueur. Assis, s'ignorant mutuellement, ils tentent de masquer l'épuisement, sans parvenir à camoufler la montée de larmes provoquée par l'effort.

Lies, au trot, les a rejoints au pied du remblai. Il

les félicite. Dans sa main, il tient une pomme cueillie sur un arbre garni. Il la fend en deux, elle jute entre ses doigts, il en offre une moitié à chacun. Les incisives et les molaires n'ont pas le temps de se mettre en action que déjà les trognons sont expulsés des bouches. Le reste du groupe fait des exercices d'assouplissement, d'autres du shadow, les plus courageux des séries de pompes.

Les deux meilleurs amis du monde, eux, se font la guéguerre. Agacé, Lies lance un coup de pied dans la fourmilière :

– On peut savoir ce qui se passe entre vous deux ? Ni bonjour, ni je te calcule…

Les têtes ensevelies sous les capuches, les bouches restent closes, les corps figés, les regards font l'autruche, les mains se sont paumées dans les poches, les orteils rétractés dans les chaussettes. Chacun campe sur sa position. Titillé par une pincée de colère, le médiateur en rajoute une couche :

– Pas de ça avec moi, vous vous serrez la main, fissa…

L'ordre n'a pas porté ses fruits, Lies tente une autre approche pour la réconciliation des deux parties, il leur demande de venir faire un petit tour à l'écart :

– Suivez-moi, ne me forcez pas la main pour vous emboîter le pas.

Traînant la patte, à contrecœur, ils s'exécutent. Sur un petit carré de pelouse parsemé de douilles de chasseurs, le trio est en territoire neutre.

– Allez, videz votre sac ou tapez-vous dessus, mais je vous préviens, personne ne partira d'ici tant que l'abcès ne sera pas crevé... Et si vous continuez à me prendre pour un con, Marseille, vous pouvez l'oublier dans vos rêves.

Lies sait qu'en appuyant sur Marseille, il obtiendra des réponses. Samir s'élance, la diction plus speed qu'une Ferrari :

– Mais c'est une embrouille de rien du tout, c'est lui là, il prend la mouche parce que je lui ai demandé s'il était juif.

Lies, en état d'urgence :

– Ah non, pas d'Intifada, je vous en supplie... Des coups de poing mais pas de pierres sur mon ring. Ne mangez pas de ce pain-là, le monde part assez en couille comme ça.

Teddy se met à dialoguer. Il y a de la foudre dans la conviction de ses syllabes :

– Tu veux que je te le dise dans les yeux ? Ouais, je suis feuj et après qu'est-ce que tu vas me faire, me cramer dans une cave ?

Samir, la ceinture abdominale en implosion :

– C'est bon, baisse d'un ton, je suis pas un nazi, je t'ai juste posé une question. Pour savoir... Ça t'arrive jamais d'être curieux ?

– Savoir quoi ? Dans la tess, y en a trop qui veulent savoir comment me faire mon Aïd...

– Pourquoi tu dramatises tout ? Déjà, je suis pas la cité, moi, maintenant si entre nous il doit y avoir des sujets tabous fais-moi une liste.

– Je suis juif et après ? Je suis un humain, t'es un homme. On t'a coupé la bite, on m'a coupé la teub, tu manges pas de porc, je suis allergique au rhalouf. Tu crois en Dieu, je crois en Dieu… T'es mon frelot ?

Teddy regarde Samir avec force et sincérité. Dans ses yeux brille la goutte qui pourrait faire déborder ses larmes. Samir laisse son instinct le guider, un rayon de sourire apparaît sur son visage.

– Bon, vous pouvez faire la paix, lance Lies aux deux fils d'Abraham, vous êtes assez intelligents pour ne pas vous embourber dans ce genre de facilités.

Teddy et Samir se font l'accolade. Leur corps à corps l'emporte sur les cumulus au-dessus d'eux, le soleil se laisse déborder, une averse purificatrice commence à les assaisonner. Le visage aspergé de pluie Lies se sent fier de cette réconciliation, la gorge nouée, il ne perd pas de vue ses objectifs :

– Et vos photos, vous les avez faites ? Marseille, c'est dans sept jours, ça va finir par vous passer sous le nez. Je les veux dans ma boîte aux lettres au plus tard demain… Et avec le sourire, les tofs…

Le groupe s'en retourne au quartier à vive allure, laissant derrière lui éclairs et tonnerre.

À l'heure du lever de rideau

Dans une salle de répétition d'art dramatiiiique, assis à même le sol, un groupe de vieux cumulant plus d'ancienneté qu'une défense de mammouth forme un cercle parfait. Religieusement installé sur ses genoux, Jeannot fait corps avec eux, écoutant Stanley, le maître de théâtre, debout au milieu du cercle. Si vertical sur ses deux cannes qu'il ferait presque plus grand que sa taille.

Quinquagénaire bien conservé, le visage jovial, un livre de Shakespeare à la main, Stan fait son coaching. Il est bénévole, son accent so british rend crédible tout ce qu'il dit. Un foulard en soie orne sa pomme d'Adam. Une mèche rebelle et poivrée vient de temps à autre camoufler ses yeux de cocker. Pieds nus, ses ongles en dents de scie agrippent le parquet. Stanley manœuvre le groupe avec des paroles de Pygmalion :

– Pour un acteur, il est important de pouvoir s'identifier au personnage, croire en chacune de ses paroles et donc restituer la note juste, savoir s'abandonner tout en contrôlant ses émotions. N'oubliez pas de porter la voix pour ne pas jouer que pour le premier rang de la haute… Le comédien doit être à l'écoute de son partenaire, toujours vigilant… Prêt à lui souffler une réplique qu'il pourrait oublier… Et le corps doit être animé, organique, je veux voir de l'énergie dans vos silhouettes…

Il est tout de noir vêtu, ses mains sont presque plus bavardes que lui, elles apportent la fermeté et la virilité que Stanley n'a pas. Menu et fragile, à voile et à vapeur, l'embrayage à gauche, c'est un homo comme ils disent.

– On respire et on expire… Voilà… Maintenant serrez l'anus… Et sentez l'énergie de votre corps sortir par la paume de vos mains… Voilà… Et on recommence… Situez-vous dans l'espace… On projette la voix sans s'abîmer la corde vocale, ba bo bi bo bu ba bo bi bo bu.

Sans peur du ridicule, la troupe l'imite. La compagnie s'en donne à cœur joie, un véritable exutoire collectif :

– Ba bo bi bo bu ba bo bi bo bu.

Stanley claque des mains et le parterre d'anciens se lève, respectueux des valeurs du cercle. Stanley semble en transe :

– Maintenant chacun d'entre vous va faire une improvisation corporelle que le reste du groupe va reproduire en tentant de ressentir l'émotion qui traverse le leader. Pas de caricature. Allez, on commence par toi, Jeannot.

Stanley cède l'axe à Jeannot qui prend ses aises sous les feux de la rampe. Il lance une main en avant, puis l'autre, il sautille sur place tandis que ses poings se ferment, son ventre bouge comme un pouding. Le groupe se met à dupliquer tant bien que mal. Jeannot accélère ses mouvements de bras, expire bruyamment, fronce les sourcils, il a l'œil du tigre, des crampes aux zygomatiques. Sa mâchoire serre son bridge. Le team des vermeils ne le suit plus, Jeannot est parti en sucette. Stanley le stoppe avec tact :

– Bravo pour cette beautiful dance.

Jeannot a rougi, essoufflé, à moitié sonné par un point de côté. Il cède sa place. Au plus profond de sa poitrine, son pacemaker vient de passer au rouge.

À la fin du cours, une femme filiforme, la quarantaine, le visage ridé de pattes-d'oie, les yeux vairons noisette et chocolat, les cheveux soigneusement déstructurés, pénètre dans la salle de répétition. Elle porte une robe à fleurs, sa poitrine en est encore au stade du bourgeon. Elle n'est ni moche ni laide sur l'échelle de la beauté universelle.

– Je souhaiterais parler au responsable du cours, demande-t-elle à l'un des troubadours.

– Il est là-bas, c'est le petit à côté du costaud… Il s'appelle Stanley.

– Merci.

Elle s'approche, timide. Stan est en grande conversation avec Jeannot :

– Il faut que vous preniez votre temps. Dans le monologue, vous vous précipitez et on sent que vous avez peur, il faut que vous vous fassiez confiance, vous êtes trop dans votre tête, mais vous progressez… C'est bien écrit, c'est du feu et du sang, de la détresse et de l'espoir. Jeannot, il faut que vous me donniez toutes vos tripes comme sur un champ de bataille… et au prochain cours, je veux que vous ayez votre texte en bouche, et surtout dans le ventre.

Stanley semble intrigué par la présence de la gente damoiselle, sur laquelle Jeannot ne démord pas, l'ogre apprécie ses jolies sandalettes et ses mignons doigts d'orteils décorés aux couleurs de l'arc-en-ciel. Stanley dévisage l'inconnue.

– C'est pour une inscription ? demande-t-il.

– Pas du tout…

La voix pleine de charme, la quadra serre la main des deux hommes.

– Bonjour. Je m'appelle Nanou, je suis directrice de casting et je recherche un jeune acteur pour l'un des rôles principaux dans un long-métrage.

– Deux fois trente ans, ça ne vous tente pas, pour votre rôle principal ? coupe Jeannot, qui n'en manque pas une.

Stanley, marchand des quatre-saisons, se met à vanter les produits de son étalage :

– Tout le monde est là, j'ai pas plus jeune, mais ils sont tous mûrs et ont du talent à revendre. La jeunesse des quartiers, j'ai essayé de la faire participer en passant de la pub dans le journal municipal et en collant des affiches dans les halls, mais comme nos locaux sont dans la mairie, ils ne veulent pas y mettre les pieds. C'est politiquement incorrect, rapport à leur code de l'honneur.

– Bon, je vous laisse quand même l'annonce, au cas où.

Elle tire sa révérence. Stanley placarde méticuleusement l'annonce sur la porte de son bureau, bien en vue :

Urgent recherche jeune homme de type maghrébin,
20/25 ans, pour rôle dans long-métrage :
contacter NANOU au plus vite.
Tél. : 06 01 54 33 25

À l'heure de la routine et du train-train quotidien

4 août.

Le taxiphone grouille de people, les accents s'envolent des cabines, un Capverdien fredonne un air de cabo love dans son combiné. Une chibania envoie une mélopée de chaabi à l'autre bout de la Méditerranée tandis qu'une mamma XXL made in Italia vocifère des *va fa enculo* à la fin de chacune de ses phrases. Derrière son comptoir, Lies fiche à la poubelle des publicités mensongères, ouvre du courrier pendant que Gazouz, les mains dans la colonne centrale, opère le nordinateur en phase terminale, ses gigas ont eu une hémorragie de synapses, la situation est critique. L'œil droit fermé, au repos, Lies vire au violet en découvrant le montant des factures de la petite entreprise, endettée pour longtemps. Berlingot à l'oreille, un franzaoui à moitié clochard hurle dans sa cabine :

– J'ai honte d'être français !

Avant de raccrocher.

Lies encaisse sa communication, sans mot dire, et

fend le bec d'une enveloppe vierge. Mystère et boule de gomme, roulement de tambour, 1, 2, 3, abracadabra ! Il en sort deux photos aux couleurs de Teddy et Samir, ne reste plus qu'à les coller sur les licences.

– Le net, s'il vous plaît…

Sans prendre le temps de lever l'œil sur la cliente ou de répondre, Lies désigne Gazouz, armé d'un tournevis cruciforme, et machinalement étale devant lui les clichés des deux poulains…

– C'est mon petit frère ! ramasse-t-il dans les oreilles.

Le tonnerre de voix a fait taire la mamma et ses *va fa enculo*, a suspendu l'air du cabo love, mis en sourdine la chibania et Gazouz s'est arrêté de dévisser. Braqué par un visage sombre au regard luisant, Lies ne moufte pas devant la demoiselle aux ongles griffés Chanel et aux cheveux à ailettes qui l'autre jour l'avait mis dans le zef.

La jeune femme ne semble pas prête à baisser son torpillage :

– Vous faites quoi avec sa tof ?

– Je suis son entraîneur de boxe, répond-il, la queue entre les jambes.

Confuse, la princesse se met à sourire, ses dents se font moins mordantes :

– Je suis désolée, c'est vous, Lies le boxeur ? Samir n'arrête pas de parler de vous.

Lies, aux anges :

– Vous êtes… ?

Elle, taquineuse :

– Je suis…

Elle se mordille la langue. Trop sensuelle.

– Vous êtes, je suis tué ça c'est sûr, mais sinon tu t'appelles comment ?

Elle, de bon cœur :

– Shéhérazade.

– Mille et une nuits et plus encore. La sœur de Samir, vraiment ?

Elle acquiesce, porte la photo de son petit frère à hauteur de son visage :

– Tu trouves pas qu'on se ressemble ?

Cela ne fait aucun doute, mais Shéhérazade est plus envoûtante. Son charme est redoutable, elle est la crème de la crème épicée de soleil, une graine du ghetto, canon à t'en faire perdre la raison.

– Demain, l'ordi il sera réparé ?

– Il a pris un coup de chaud, mais il devrait s'en tirer.

Shéhérazade s'évapore du taxiphone, les *va fa enculo* ont repris, le Capverdien a changé de disque, la chibania lance un youyou.

Bouleversifié, Lies articule à Gazouz :

– Elle s'appelle Shé-hé-ra-zade.

À l'heure du loup

Shéhérazade marche tranquillement entre les allées du quartier, sa chevelure est chamaillée par de petites rafales de vent. Sur le macadam, ses pas font jumper ses fesses fermes. Quelques abeilles s'enivrent du pollen d'une marijane plantée à la cime d'un HLM. Sur un échafaudage, des ouvriers colmatent les brèches d'une tour au code-barres fermenté. Le bruit de leur bétonnière est peu à peu étouffé par la pétarade d'un Quad. Shéhérazade se bouche les oreilles. Le pilote a stoppé net face à elle. Il ne porte pas de casque, torse nu, tête rasée à blanc, dix-neuf ans. Détendu, bronzé, gossebo au regard vert vénéneux. Une gueule de voyou qui ferait mouiller une tripotée de bourgeoises. Sûr de lui, il sourit à la miss. À l'arrière de son engin, un passager muni d'un casque intégral le ceinture à la taille. Le pilote, roulant des mécaniques :

– Wouesh.

Pas bluffée, Shéhérazade connaît la bête :

– Tu fais trop de bruit, Loudefi... avec ton quatre roues...

Loudefi monte les gaz :

– Ouais, excuse, mais il ne tient pas le ralenti.

Ses mains rageuses donnent des coups d'accélérateur. Loudefi est sincèrement navré de faire subir ce boucan à la belle. Maladroit dans ses mots et dans son attitude, même sous la torture, il n'avouera jamais ce que ses yeux trahissent lorsqu'ils se posent sur Shéhérazade.

– Tu veux venir faire un petit tour ?

Shéhérazade décline l'invitation d'un non de la tête et se met à examiner avec attention le casque fumé. Elle dissèque les vêtements du passager masqué, renifle les Requins. Loudefi, sentant le vent tourner, braque à 90° le guidon de l'engin et s'apprête à enclencher la poudre d'escampette :

– Il faut que j'y aille, j'ai un…

– C'est toi, Samir ?

Loudefi fait le sourd d'oreille :

– Quoi ?

Shéhérazade, pleine de tension :

– Samir, descends de là tout de suite ou je te décapite, toi et ton casque…

Loudefi, pas fier, tente de faire retomber la pression de la grande sœur louve :

– Calme-toi, il va rien lui arriver, je voulais juste le déposer… Allez descends, toi… C'est pas une meuf, ton petit frère…

Samir retire son casque sous le regard courroucé de son aînée qui le désarçonne de l'engin et l'entraîne à la casbah par la peau des fesses.

Loudefi, sourire carnassier, fait crisser les pneus du bolide et s'enfonce dans les labyrinthes de la cité. Il est une racaille qu'aucun Kärcher ne pourra jamais nettoyer, sa haine n'est pas en surface mais en profondeur, il n'a pas attendu d'être mis à l'écart pour se plaire dans la marge. Ses blessures mentales, il doit les faire payer et ce n'est pas un psy qui étouffera sa rancœur. Loudefi a la haine de l'autre, du céfran, du toubab, du gaulois, du p'tit bourge à lunettes. Baisé pour baisé autant les baiser, il n'a pas envie de s'en sortir, en dehors du bloc tout est bloqué. Il aime Paris pour ses manifs et le cassage des bouches blanches, les frapper non pas pour les faire taire mais pour qu'elles se rappellent avec douleur qu'il existe.

À l'heure de la fermeture

Lies et Gazouz, exténués, baissent le store du taxiphone. Le soleil est parti briller ailleurs, emportant ombres et silhouettes. Les façades d'immeuble clignent à la vitesse d'un zappage télévisuel, donnant l'impression qu'une guirlande géante est venue scintiller en avance sur Noël. Le chiffre d'affaires de la journée ne vaut pas une cacahuète, mais la fierté de gagner son pain honnêtement n'a pas de prix pour les deux soces.

Prudent, Gazouz a dispersé le butin aux quatre coins de sa personne, la petite liasse est allée direct dans son slip, les pièces d'un et deux euros dans ses chaussettes, et les centimes ont été répartis dans les poches secrètes de son costard. À chaque pas qu'il fait, la tess lève les yeux vers le ciel, croyant entendre les tintements de la fée Clochette. La démarche tranquille et musicale, les deux amis s'enfoncent dans la cité. Gazouz et Lies salament une grappe de jeunes rêvant le monde autour d'un joint.

Dans le quartier, Lies est respecté, mais Gazouz est adulé. Les fatmas le harcèlent pour qu'il répare l'électroménager, les darons lui font installer les paraboles. Les Gremlins se l'arrachent et le bénissent quand il débloque les arrivages de GSM dans lesquels ils téléchargent films de UQ, combats de pits, fusillades, tête-à-tête sanguinaires. La violence depuis l'arrivée des nouvelles technologies a pris un virage plus radical que jamais. La preuve par l'image est plus importante qu'un je-te-le-jure-sur-la-vie-de-ma-mère. Désormais, aucun règlement de comptes ne se saigne sans captation d'images.

– Alors, ça dit quoi ?

– Ça dit que Shéhérazade, elle m'a retourné le cerveau…

– Et les yeuzes avec…

– Pour ce qu'il en reste, de mes yeux…

Gazouz, rassurant :

– Écoute, Lies, ça sert à rien de paniquer tant que t'as pas vu un ophtalmo. Si ça se trouve, ton œil il est juste fatigué ou bien t'as chopé une allergie avec toute la pollution qu'il y a ici… N'oublie pas que le taxiphone est bourré d'amiante.

– Depuis mon dernier combat, j'ai du brouillard dans l'œil, je vois des flashs…

Un vacarme sorti de pots d'échappement non homologués fait soudain trembler les tours pourtant bien enracinées, 1 000 décibels au centimètre carré fusent à la vitesse d'une rafale de M16 dans le crâne d'un Palestinien circoncis par un rabbin. Lies est abasourdi :

– C'est quoi ce boucan ?

– C'est le nouveau délire, le Paris-Dakar du ghetto, ils ont tous un Quad maintenant.

– Pourquoi ils ne vont pas dans les champs, y a de l'espace…

– Parce qu'y a personne à emmerder dans les champs… Ils sont perdus tous ces jeunes, j'inshallah qu'ils retrouvent la voie.

À l'heure de la pause déjeuner

5 août.

Sur l'un des nombreux parkings XXL de la cité, Loudefi pilote son Quad à toute berzingue avec une agilité de serpent. Il slalome entre les caisses garées et les véhicules calcinés, le pot d'échappement crache des coups de feu à blanc.

Sur la selle de son engin, le gars n'a peur de personne, nombreux sont ceux qui le craignent sur la terre ferme. Un as du virage serré, du looping, de la roue arrière. C'est une tête brûlée nouveau modèle, il dépouillerait la chatte à sa mère si un trésor s'y trouvait. Des larmes se décrochent de son regard fouetté par le vent. Torse nu, crâne aspergé d'huile d'olive pour éviter l'insolation, Loudefi fait monter le compteur kilométrique au rouge. C'est un suicidaire, il n'attendra pas de défendre une cause pour se foutre en l'air. La mort l'a déjà épargné, de justesse, lui laissant des cicatrices indélébiles. Une épaule perforée par un 22 long rifle après un cambriolage chez un dealer et dix points de suture sur le crâne après s'être battu contre son propre père.

Pleins gaz, en ligne droite sur le parking, Loudefi freine brutalement. Le crissement des pneus fait friser les oreilles des tours, la gomme des boyaux s'est imprégnée sur l'asphalte en une longue traînée noire et fumante. Il coupe le contact au cul d'une voiture de race allemande bleu foncé, vitres teintées, ravitaillée d'options trop longues à énumérer. Sans crier gare, Loudefi s'introduit à intérieur de la sportive, s'installe à la place du mort et enfile quatre bises au pilote.

– Salut, Magueule.

– Comment va, Loudefi ?

– Toujours le même dans cette cité de crevards.

Magueule a hérité de son surnom parce que Magueule, c'est sa gueule qui compte avant tout. Vingt-cinq ans et son visage en raconte déjà le double, ses yeux secs sont ceux d'un charognard. Bien en chair et fort en muscles, il est haut de deux mètres moins dix, clean en Armani & Weston. Il est un modèle de réussite pour les jeunes en quête d'argent facile, un lobbying à lui tout seul. Pépèrement installé dans son siège aux bourrelets de cuir, il envoie sa mother fucker voix de gangsta percuter l'écoute de Loudefi :

– On sera trois, toi, moi et Tricolore, c'est lui qui a trouvé le plan, il a déjà tout repéré et il a un contact pour écouler le matos. Maintenant il faut que je sache si pour toi c'est OK, après on voit quand. On entre sans faire toc-toc, calibrés, tranquilles, ça sera de la gourmandise.

Magueule adresse un clin d'œil à Loudefi et fait apparaître un pouchka tout droit sorti de sa boîte à gants. Loudefi flashe sur le 7 coups à la crosse nacrée. Magueule ne laisse pas le calibre prendre l'air trop longtemps, il le replonge dans sa boîte à gang. Le flingue a provoqué une telle émotion chez Loudefi que son regard vert métallisé s'est dilaté, plus clair qu'une mer de corail.

– J'te suis, j'te fais confiance, Magueule. Mais Trico, je sais pas trop… C'est un harki… Et je fais pas confiance aux céfrans.

Magueule gèle de quelques degrés la température de l'air conditionné de la Benz. Pas content du tout, la main harponnée à sa boîte séquentielle, il jette un regard pénétrant sur Loudefi :

– Attends, ou t'es de la partie, ou tu fais de la politique, mais commence pas à me casser les burnes… T'en connais beaucoup, toi, des mecs qui te ramènent des plans en or comme ça ? Il est carré, Tricolore.

Loudefi réfléchit un instant, pèse le poids du magot et conclut le pacte en cinq-cinq avec une poignée de main à but lucratif.

À l'heure du pastis

Lies, en short noir satiné et marcel blanc, biscotos apparents, accueille Jeannot qui vient de s'incruster chez lui comme un bougnoule à Polytechnique. L'ogre tient dans sa main droite un prospectus avec lequel il se ventile à la vitesse d'un battement d'ailes de colibri, tandis que sa paluche gauche armée d'un pschitt-pschitt crachote une rosée fraîche sur son visage vieux d'un autre temps. De tout son embonpoint, Jeannot fait atterrir son popotin sur une chaise rembourrée du salon.

Le téléviseur diffuse un combat de boxe. On y distingue les pixels de Lies, arcade sourcilière droite en sang, garde haute projetant des coups d'une rare violence sur le visage de son adversaire à l'agonie, posant un genou à terre. Au dernier round, Lies finit par mettre son challenger KO technique. Dans le public Teddy et Samir sautent de joie lorsque Lies est déclaré vainqueur du championnat de France pro des poids welters sur fond de *Marseillaise*.

Jeannot ne prête aucune attention à ce qui se déroule dans la lucarne, il est bien trop occupé à ne pas perdre sa peau dans une canicule qui cet été encore devrait faire des dégâts chez les grabataires. Lies met l'écran en veille avec sa télécommande :

– Je vous sers quelque chose à boire ?

Jeannot, le doigt sur la gâchette de son spray :

– Par exemple ?

Lies imite l'accent de ses ancêtres venus reconstruire la France :

– Un ti à la menthe fi mison… J'en ai un tout prêt dans le thermos…

– Tu sais, j'ai très bien connu ton pays, enchaîne Jeannot, mais c'était pas pour y faire du tourisme, c'était le Far West, on tirait au nom du drapeau, j'ai vu les viols, les tortures, les charniers, la France dans toute sa majesté… Bref ! Oui, un thé à la santé de nos âmes.

Lies ferme la parenthèse de cette douloureuse histoire coloniale :

– Comme disait mon père, paix à son âme, *li fêt mêt*, ce qui est passé est mort.

– Paix à son âme, je ne voudrais pas être curieux mais ton père s'appelait comment ?

– Zyad.

– Zyad.

– Il est mort il y a trois ans, au bled. Bêtement. Il est allé se faire soigner une rage de dents, le toubib lui a fait une anesthésie plus soûlante que toutes ses cuites, il est ressorti dans les vapes, foncedé. Il a traversé sur un passage piétons et s'est fait croquer par un poids lourd qui ne s'est même pas rendu compte qu'il venait de tuer un homme. Mon père…

– Tragique.

– On a dit deux thés…

Aussitôt dit aussitôt fait, les verres se remplissent de la macération qui, dans le fracas d'une cascade green, swingue à l'orientale. Les yeux se noient dans l'écume et la brume made in Shalla, le nez capture les senteurs de la menthe parfumée, semblable à un souvenir d'enfance. Le gosier émet un youyou digne d'un jour de mariage, les doigts de la main se font légèrement mordiller par la température de l'eau bouillante que Jeannot rafraîchit à l'aide de son pschitt-pschitt.

– Succulent, je pourrais en pisser des litres.

– Les toilettes sont libres.

Ils éclatent de rire. Jeannot dans l'ivresse du cinquième verre sort de sa poche la petite annonce de casting qu'il a dépunaisée de la porte du cours d'art majeur, la tend à Lies, lequel ne comprend pas où l'autre veut en venir.

– Y a quelqu'un wanted ?

– Non, c'est pour un film, ils recherchent un acteur…

– J'ai flippé, je croyais que c'était Interpol…

– Ça vous dirait pas de tenter l'essai.

– Acteur, c'est pas mon truc…

– J'ai un bon pressentiment. Ça vous coûte rien de faire le casting.

Jeannot ne badine pas. Son regard fait flancher Lies en sa faveur.

– Si vous y tenez… Mais je vous aurais prévenu, je ne suis pas un *to be or not to be*, moi.

Jeannot est satisfait, il gratifie Lies d'une bise humide.

À l'heure du bourrage de gueule

Au bord du ring, dans sa tenue de sport dépareillée, Lies donne des indications à ses deux poulains qui boxent avec fougue.

– Allez, Teddy, lève ta garde, ferme pas les yeux… En bas, c'est ouvert, travaille ta gauche… Oui, comme ça… Dorcy, économise-toi, montre pas que tu as mal, tourne, respire encore cinq secondes.

Teddy boxe en ligne, il fait souffrir son adversaire coincé dans les cordes. Derrière chacune de ses esquives il remise sec, passe d'un enchaînement de trois coups au corps à une sortie en direct à la face. Son coup d'œil est précis, Teddy frappe fort et le sang qui gicle de son nez ne le déstabilise pas le moins du monde. Ses gants sont lourds pour lui apprendre à ne pas baisser sa garde, lutter contre la force d'attraction, ne pas laisser descendre les boules de cuir sous le menton. Le jour du combat, il enfilera une paire de 10 onces soit cinq pointures en dessous, il aura alors l'impression de boxer poings nus.

Teddy frappe, frappe, frappe au corps et encore. Il ne s'est jamais senti aussi libre que sur le ring. Prendre des rafales, toucher son adversaire, le faire reculer sur un piston du gauche, esquiver et remiser, piquer, encaisser, ne plus être, se donner à fond, s'oublier et qu'importe la victoire. Le combat est gagné à la seconde où les couilles sont sur le ring. Le gong retentit. Les combattants se font une accolade en signe de respect, oubliant qu'ils se sont tapés trois rounds durant. Lies les félicite, les débarrasse de leurs gants, nettoie les protège-dents en caoutchouc opaque, décoffre les bandages. Les deux garçons se sont métamorphosés en brebis dès que le coup de gong a sonné, à tour de rôle ils tètent le goulot de la gourde jusqu'à plus soif.

Lies fait siroter Teddy le pif en sang :

– Il est pas venu Samir ?

Teddy entre deux lichettes, le visage hématomé, le corps couvert de sueur, crachant dans le seau à mollards au pied du ring :

– Non, j'uis parti le chercher mais sa sœur ne voulait pas qu'il sorte…

– Sa sœur ? Pourquoi ? demande Lies d'un air faussement détaché.

– Je sais pas… T'as qu'à lui demander, elle est là.

– Quoi ?

Teddy saute du ring :

– La sœur de Samir, elle est là, à la porte, depuis tout à l'heure.

Lies tourne lentement la tête à droite, la silhouette de Shéhérazade est plantée devant la porte du club. L'air inquiet, elle lui fait un signe de la main. Il s'approche d'elle, slalomant entre les haltères, les sacs de frappe et les poulains qui jouent à saute-mouton.

Les retrouvailles sont sobres, petit serrage de pince, Lies n'a pas tenté la bise ou le baisemain. Shéhérazade dans sa robe légère ne semble pas être dans un bon jour, elle lâche un sourire qui demeure sans réponse. Lies ne la calcule pas, froid, il ne laisse transparaître aucune émotion, il sait que si Teddy ou un autre boxeur décelait chez lui une brindille d'envie charnelle pour la sœur de Samir, il perdrait des points. Il y a une règle d'or à ne pas transgresser dans la loi de la tess, ne jamais au grand jamais serrer la sœur d'un pote et malheur à toi si tu t'y aventures. Beaucoup sont morts sans avoir eu le temps de goûter au fruit défendu. Toucher à une sista, c'est couper la moustache d'un père et s'introduire dans l'arrière-train des frères sans huile de refroidissement.

La pendule sonne la fin de la minute de repos. Lies joue magnifiquement bien l'indifférence, mais Shéhérazade n'en est pas à son premier tour de manège.

– Bonjour, dit-il posément.

– Excuse-moi, je voulais voir si Samir était là, dit-elle, amusée.

Lies, l'œil charmé :

– Non, il n'est pas venu. J'ai cru comprendre que tu lui as interdit de sortir, il a fait des conneries ?

– Il s'est fait la belle...

Lies conciliateur, se la jouant grand frère dans sa tenue d'épouvantail aux mains d'or :

– S'il montre le bout de son nez, je lui dirai deux mots...

– C'est gentil.

– Non, c'est normal.

Shéhérazade ne veut pas lâcher le contact, clouée sur place, le trac de son audace la rend irrésistible. Lies, pas dupe, sait que Samir est un prétexte. Elle gagne du temps, sourit, se mordille ses lèvres tremblantes. Hypnotisés par le ping-pong de leurs regards, tous deux se contemplent avec grâce. Lies se sent épié par toutes les âmes du club, il décroche de Shéhérazade.

– J'entends pas la boxe, c'est les vacances ou quoi ? hurle-t-il sans conviction.

Les boxeurs redoublent d'acharnement. Ils ont progressé à vue d'œil et avoir une fille dans le club les motive encore davantage. Même si c'est la sœur de Samir, l'épater ne tuera personne. La salle tonne. Shéhérazade fait une feinte de corps à Lies et se penche à son oreille :

– Au fait, l'ordinateur est réparé ?

Lies, contré, donne un non de la tête. Shéhérazade fouille dans son sac, sort du papier, un stylo, et prend les choses en main :

– Tiens, note mon 06, Lies... Et appelle-moi quand ton PC sera réparé, j'attends des mails importants pour du travail.

Le bic n'a plus d'encre dans son réservoir, Shéhérazade gribouille la mine contre sa semelle Havaïanas rose, mais c'est cale sèche, le stylo n'écrit plus.

Lies, sûr de lui :

– Dis-le-moi, je le retiendrai...

Shéhérazade, expéditrice :

– 0639737815.

– 5187379360.

Elle en reste sans voix. Puis :

– Je comprends pourquoi tu travailles dans un taxiphone... Mais tu l'as retenu dans le bon sens... rassure-moi !

Lies acquiesce, ils se quittent pour mieux se retrouver, via les ondes.

Lies reprend les commandes de l'entraînement et fait travailler le poids paille au sac sur une série originale de :

6 esquives partielles,
3 feintes de corps,
9 uppercuts au foie,
7 directs du gauche,
3 esquives rotatives,
7 crochets du droit,
8 pas de côté,
15 droites plongeantes.

Le poids paille répète trois fois la chorégraphie du phone number. À la fin du training, sur la balance en alu, Lies pèse à la queue leu leu tout son team. Teddy a réussi à descendre d'une catégorie à force de persévérance et d'un régime rigoureux, en plume, soit 57 kilos en slip, il est au top de sa forme. Lies le félicite et lui garantit une victoire facile dans J – 5 à Marseille.

À l'heure où tous les chats sont gris

Loudefi, Magueule et Tricolore se sont retrouvés dans la cave d'un troisième sous-sol aménagé en QG, un endroit secret qui sent bon la manigance. Aucun bruit du dehors ne vient s'incruster dans ce boumkœur verrouillé plus solidement qu'une ceinture de chasteté.

Les lascars ne sont pas très bavards, ils respirent, signe qu'ils sont bien en vie. Les murs en parpaing sont bruts de pomme. Personne n'a fait l'honneur à la moquette de se déchausser, Weston, Virgules et Timb' la cramponnent, Loudefi tire sur son splif. Au plafond, un lustre en forme d'arbre généalogique fait scintiller une dizaine d'ampoules ardentes, les watts donnent soif aux gosiers.

Trico biberonne une 8/6 frisquette sortie d'un mini-bar qui ronronne sous la barre des moins cinq. Son père l'a baptisé François mais avec sa tête de bicot grillée à l'arachide, c'est toujours lui qui finira au poste pour vérification identitaire. Vingt et un ans sur son état civil, il a la maigreur d'un drapeau en berne, son visage est creusé comme une tranchée de Verdun, sa peau est cartographiée d'acné. Il porte sur lui le maillot de l'équipe d'Algérie. Bien qu'il n'y ait jamais mis les pieds, Trico parle l'arabe mieux qu'un débarqué. Autour de son cou pendent neuf mains de fatma en or massif, pillées lors de mariages arabes, sa spécialité. Désaltéré, il lâche un rot alcoolisé et se pose sur le canapé au côté de Magueule, lequel est en pleine lecture d'une notice de GPS. Une option supplémentaire pour sa Benz. Il se perd dans les réglages :

– Merde, comment ça fonctionne ce bordel, j'ai lu et j'ai relu... J'ai marqué le nom de la rue, la ville, l'arrondissement... J'ai cliqué et que dalle...

Loudefi, le cul du joint au bec :

– T'es sûr que t'as du réseau ici, Magueule ? Et si tu notes le nom de la bijouterie ?

– T'es con ou tu le fais exprès, c'est un GPS, pas les pages jaunes...

– Redonne-moi le nom de la rue, Trico.

– Rue La...

– Non, épelle-le...

Tricolore dicte l'orthographe de la rue avec précaution, il a une voix douce et mélodieuse, qui ne colle pas avec sa figure :

– L A F A Y E T T E.

Magueule presse sur chacune des lettres comme si sa vie en dépendait. Une fois le nom inscrit, il pianote sur les touches tel un pivert sur un tronc et youpi, la recherche est lancée. En un temps record, la route à suivre pour le casse est tracée sur l'écran digital du GPS. Le chef de bande est fier de son nouveau jouet :

– OK, ça marche. Je crois que j'avais oublié d'appuyer sur ce petit bouton, là, quelque part… La technologie c'est de la tuerie, t'appuies et tu te laisses conduire. Bon, maintenant, on parle du bifteck.

Magueule prend les rênes de son équipe avec autorité, il n'élève pas un mot au-dessus de l'autre, il est le caïd, le cerveau du commando. Chacune de ses remarques est prise au pied de la lettre. Il n'a aucune croyance, aucun scrupule, seul le gain l'émeut. Il ambitionne une carrière dans le grand banditisme, à coups de poignard ou de revolver il a fait ses preuves dans le registre de la barbarie.

– Je maquille les plaques et je me gare dans la rue qui fait l'angle, contact allumé.

Tricolore, scolaire :

– Je rentre, je ligote tout le monde, je cafouille le bijoutier pour qu'il me donne le code du coffre.

Loudefi, en bon premier de la classe :

– Moi, j'aurai ma tenue d'agent de sécurité, je me place à l'entrée de la bijouterie et j'fais barrage. Si des gens s'approchent, je leur sors le baratin d'un inventaire.

Magueule opine du chef et conclut le briefing par un bref applaudissement :

– C'est carré, le 11 on monte au cagebra…

À l'heure de la promenade

6 août.

Lies est au cœur d'un carré tracé à la craie blanche, patte d'ours vissée à la main, bras en l'air, il intercepte des rafales en piston. Il a les pieds solidement soudés au sol pour ne pas être projeté dix bonds en arrière lorsque le bagnard homologué poids lourd cogne dans ses Pao. À chaque impact, c'est la prison qui tremble, les gauches font mouche, les droites sont des massues. Plus graisseux que musclé, le colosse n'est pas très mobile, mais ses coups pourraient assommer la Belle au Bois dormant pour un millénaire.

Lies tient bon. Ses bras sont en compote, sa transpiration a des points de côté, sa mâchoire ne parvient plus à se fermer, mais il réussit à bluffer :

– T'as que ça dans le bide, je sens des chatouilles…

Le bœuf d'un quintal, frais comme un gardon, se lance alors dans une accélération digne d'un poids léger, les coups eux-mêmes se font mal dans le creux de la patte de grizzli. L'homme a derrière lui une belle carrière de boxeur pro et plus d'un KO à son actif. Le dernier en date, celui de sa femme, toujours dans le coma.

Lies est débordé, il en bave tellement qu'il appelle la minute de repos à la rescousse. Le poids lourd reste sur sa faim, la leçon ne faisait que commencer, elle s'est achevée en mort subite. Tous les détenus ont stoppé net leur impulsion. Les muscles se réoxygènent, la sueur fait briller les corps, le sac de frappe se fige.

Une greffe de silence prendrait presque si une corde à sauter n'avait de cesse de siffler. C'est Ouasine qui, le poignet léger, à l'écart, fouette l'air. Ses yeux sont murés, il rebondit sur les pulsions de son myocarde. Dans le carré blanc, Lies remercie le bourrin en lui ôtant sa paire de gants encore chaude. Il évite le regard du lourd qui le surplombe et lui lance d'une voix zozotante :

– T'es sûr que j'ai fait un round de trois minutes ? Elle m'a paru courte, ta leçon… je me suis à peine défoulé.

Lies sait qu'on ne la fait pas à un vieux gorille en cage depuis plus de dix piges. Le taulard a un sens du temps qui confine au mystique, le cadran solaire est sa bible et avec le time on ne blasphème pas. Lies contourne l'interrogatoire :

– Non, on n'a pas fait un round de trois minutes, je dois m'occuper du reste du groupe, et avec toi j'aime bosser en deux, trois accélérations explosives pour améliorer le punch et ton assise…

– Tu voudrais pas qu'on croise un peu les gants, toi et moi ? En deux, trois accélérations... question que j'améliore mon assise.

– Non, je suis désolé, je ne peux pas tirer, aujourd'hui... Je dois aller faire un casting, ajoute Lies, mal à l'aise.

– Fais gaffe de ne pas devenir une tapette avec ton casting. Ça commence par « je ne fais pas de combat parce que j'ai un casting » et ça finit dans un pieu à se faire enculer pour décrocher un petit rôle d'arracheur de sacs de vieilles, mais je dis pas ça pour t'encourager... Bonne chance dans le show-biz, ma grande.

Le poids lourd sort du ring.

Tapant des mains, Lies met fin à la minute de repos et au coup de pression. Il épluche ses boxeurs dans l'effort. La salle est électrique, prête à l'insurrection. Derrière sa vitre teintée, le maton des îles quadrille les faits et gestes de chacun des bagnards. Le regard de Ouasine s'est désemmuré et vient de capter Lies, qui ne laisse pas l'opportunité passer :

– Je te donne une petite leçon ?

Ouasine expulse un petit sourire en direction du coach. Il abandonne sa corde et s'introduit dans l'aire du carré blanc. Son visage taillé au silex est moins déchiré qu'à l'habitude. Torse nu, légèrement plus petit que Lies, il tient la forme. Les veines sillonnant son corps ont plus de correspondances qu'un plan de métro.

– T'es gaucher ou droitier, Ouasine ?

– Droitier.

– Alors tu places ton pied gauche en avant, tu décolles le talon droit du sol, fléchis les genoux, montes ta garde…

Lies le sculpte, lui fait baisser le menton dans le style du *Penseur* de Rodin. Ferme ses poings, serre ses coudes contre ses flancs pour protéger le foie et les côtes flottantes. Fait courber le dos à l'image d'un ouvrier des trois-huit. La posture gagne peu à peu un semblant de crédibilité. Visiblement, Ouasine n'est pas à l'aise dans son allure de boxeur. Lies prend du recul pour contempler son œuvre. En sueur, immobile, le bagnard ressemble à une poupée de cire. Lies réajuste la garde, fait rentrer le postérieur. Ouasine, docile, se laisse dompter.

– Bon, essaye de garder en mémoire ta position pour qu'elle devienne naturelle, ferme les yeux et… De tes pieds jusqu'au sommet de ton crâne, mémorise ta posture. Quand t'auras fini le parcours, tu pourras les rouvrir.

Ouasine ne tarde pas à remonter le rideau de ses oculaires. Son regard est dense mais ne se laisse jamais cerner.

– Maintenant, tu vas mettre des bandes et une paire de gants et je vais te donner une petite leçon sur les bases.

– Les bandes, j'en ai pas et j'en ai jamais mis.

Quand il prend la parole, Ouasine est presque désolé d'exister. Lies sort de sa poche de jogging ses deux rouleaux de vieille étoffe et commence à momifier les paluches du novice. Ses métacarpes sont solides, ses doigts arqués. Ses poignets sont sillonnés de cicatrices sponsorisées par Gillette. La bandelette continue de tournoyer autour de la main, fortifiant les articulations. Ouasine, l'œil mélancolique, admire la technique de bandage.

– Comment tu te sens, je ne les ai pas trop serrés, ferme le poing, pour voir…

Lies tâte la bande qui fait corps avec la main de Ouasine.

– Non, ça ne me serre pas trop, juste ce qu'il faut…

S'ensuit une leçon de gauche-droite en ligne et de séries d'esquives rotatives. Ouasine vient de faire connaissance avec les parades rudimentaires du noble art. À l'autre bout de la salle, le maton shake sa montre, sort son sifflard et projette un do majeur qui marque la fin de l'heure pugilistique. Le matériel se retrouve cadenassé dans les malles coulées dans le béton. D'un revers de la main Lies efface le carré white clôturé sur le sol et fait bye bye aux embastillés.

À l'heure de la promotion canapé

Profil droit – flash.

Face – flash.

Profil gauche – flash.

Lies vient de se faire tirer le portrait par Nanou, la directrice de casting. Les éclats lumineux lui ont chamboulé l'oculaire droit, un goût de sang cramé racle le fond de sa gorge.

La pièce est claire. Installé dans un vieux fauteuil arraché aux ruines d'un cinéma, Lies se tient droit, balade son œil curieux, des photos de stars dédicacées sont agrafées aux murs. Des CV jonchent le sol, des scénars débordent d'une corbeille. Le téléphone n'arrête pas de sonner. Dehors, c'est Paris 18, capitale des artistes et des bobards.

Nanou agite les polaroïds pour faire sécher la gélatine, elle n'est pas épaisse mais en tant que casting director, elle pèse lourd dans la profession. Elle a repéré beaucoup de jeunes talents fils de… qui font les beaux jours du cinéma français. Le casté en reconnaît certains.

– Vous êtes photogénique.

– Merci.

Lies regarde à peine sa face sur le papier glacé. Il n'est pas gêné avec son image, plus agréable d'être shooté en 16/9 que de se prendre les électrochocs d'un puncheur qui te refait la tronche sans trucage dans le cadre d'un ring.

Nanou, installée derrière son bureau, continue de parler :

– Vous pouvez me raconter qui vous êtes et comment vous avez eu vent de ce casting ? Et vos mensurations, votre âge ? Si je vous filme, ça ne vous pose pas de problème ?

Nanou recorde.

– Je vais être franc avec vous, je ne suis pas acteur, je suis boxeur, j'ai plus tourné sur le ring que dans des films, c'est mon voisin qui m'a mis sur le coup, moi je suis éducateur sportif. Célibataire, je suis welter, j'aime bien le manéce, enfin je veux dire le cinéma, mais là où je vis y a plus de keufs que de culture.

Nanou est attendrie par Lies qui se raconte sans vendre son âme ni baisser son froc. La caméra ne le met pas mal à l'aise. Elle zoome sur l'arcade sourcilière droite déchirée, cadre serré les pommettes saillantes, capture les yeux marron clair, déboule sur le nez bossu et la bouche charnue, fait une plongée sur les mains viriles déformées par les coups de poing.

– J'ai monté une petite affaire avec un ami, on a un taxiphone… J'ai vingt-trois ans, une très bonne mémoire, mais je m'en suis jamais servi à l'école (rire). Et je suis motivé pour jouer dans votre film, mais je connais pas l'histoire.

Nanou met la caméra sur stand-by. La fenêtre ouverte fait voltiger un poster à terre. Elle tend un texte de deux pages à Lies :

– Vous lisez la séquence de l'arrestation et on fera une improvisation autour, je dirai les répliques de l'inspecteur Willy et vous celles de Momo le dealer.

Lies se penche sur le texte, lit de l'œil gauche ses répliques. Son œil droit est chaque jour plus kapout. Il ingurgite les dialogues, mémorise, chuchote, se frotte le visage pour se sentir habité par l'énergie du caractère. En un temps record, Lies dépose les deux pages sur le bureau en verre, fait un clin d'œil à la casteuse.

Nanou le cadre, il est dans les starting-blocks. Rec, elle s'apprête à lancer la première tirade de l'inspecteur, mais Lies la devance :

– Police, tu bouges plus… Lève les mains, voilà, comme ça, bien en évidence…

Lies, arrogant, fixe d'un œil noir l'objectif Carl Zeiss de la caméra numérique, pointant avec un calibre imaginaire la tempe de Nanou bouche bée.

– Où t'as mis la came ? T'as avalé ta langue, Mohamed ? Tourne-toi que je te passe les menottes, merdeux. C'est en prison que tu vas moisir jusqu'à la fin de tes jours, monsieur le grossiste. Tu pensais pouvoir t'en tirer, hein ? Et me regarde pas avec ses yeux-là... Ou je t'en colle une...

Lies envoie une gifle sur la caméra qui fait un 360, filmant le nouveau shérif hors cadre. Nanou est estomaquée.

– Lies... Vous deviez faire Mohamed...

– Les cailleras, c'est pas pour moi, ni dans la vie ni dans la fiction. J'ai pas envie de donner une mauvaise image de moi ou de ma communauté, c'est comme ça.

Cachée derrière l'œilleton de sa Panasonic, Nanou continue à filmer :

– Ce n'est pas qu'un loulou de banlieue, c'est l'un des rôles principaux.

– Là, vous me proposez un dealer en haut de l'affiche, demain un rôle d'islamiste terroriste et après un lascar qui tapine... c'est ça, votre cinéma ? Vous, les gens du show-biz, vous ne vous rendez pas compte des conséquences de vos histoires, vous nivelez par le bas. Vous ne montrez de nous que du clicheton, respectez-nous, donnez de nous une image plus positive, vous êtes des artistes, pas des lepenistes.

Nanou cesse la prise de vues et écoute Lies même si elle n'adhère pas férocement à son discours. Elle s'allume une roulée à l'eucalyptus et le timbre enfumé elle souffle :

– Merci... Je vous tiens au courant... Je montrerai

votre essai au réalisateur… J'ai d'autres acteurs qui attendent, je ne vous raccompagne pas…

Lies se lève, conscient qu'une fois de plus il aurait dû garder sa langue dans sa poche.

À l'heure de pointe

Lies déambule dans les entrailles de la gare. Il montre patte blanche à une horde de contrôleurs melting-pot. Un bounty lit son numéro de carte orange tandis qu'un bicot jambon-beurre gonflé aux hormones vérifie le magnétisme de son coupon ; les crèmes chantilly encaissent les amendes. Lies ne s'attarde pas dans cette spirale aux ondes négatives, son train est à quai, il s'y dépose.

Pas d'air conditionné, la fournaise a élu domicile dans le wagon, les fenêtres sont bloquées. Le départ vient d'être sifflé. Le compartiment n'est pas blindé de monde mais le hasard faisant bien les choses, Lies a reconnu une chevelure. Il abandonne sa place et se lance vers l'avant de la voiture. Son sac de sport à la main, la démarche posée, il arrive à destination devant une demoiselle bras croisés, tête baissée dans ses pensées.

Il s'éponge les mains contre son pantalon cigarette, se racle la gorge pour signaler sa présence et s'assied en face d'elle.

– Shéhérazade.

Pas de réponse. Lies l'observe, sourit en lui-même, il vient de remarquer les fils du walkman. Une petite résonance musicale sort du casque. Shéhérazade jumpe imperceptiblement sur le beat du morceau. Le train démarre, elle lève les yeux vers Lies. Il sourit, elle rougit. S'ensuivent quatre bises délicieuses. Il fait mine de ne pas être too love d'elle.

– Je ne voulais pas te déranger. Qu'est-ce que tu écoutes ?

– Toi.

– Moi ?

– C'est NTM, précise Shéhérazade, ravie de se jouer de Lies.

– Joey Resta et Kool Neshé. À l'ancienne, big up au hip-hop...

Le RER trace sur la trajectoire de la lointaine banlieue. Les arrêts se succèdent et la conversation va bon train.

– Chez moi on est cinq avec mes parents, deux garçons, une fille...

– Samir a un petit frère ?

– Non, un grand, il ne l'a pas vu ça fait cinq piges, il est enfermé. La seule chose qu'il connaît de son grand frère, ce sont ses slips que je lave toutes les semaines.

Elle soulève un énorme sac posté entre ses jambes, avec un reste de numéro d'écrou marqué au feutre noir. Lies reconnaît l'adresse de son lieu de travail, il évite de creuser ce sujet maudit qu'est la taule. Une question lui brûle les lèvres, cœur et âme il se lance :

– T'es amoureuse ?

– De qui ?

– Je sais pas... D'un chat, d'un bonobo, d'un lascar.

Shéhérazade éclate de rire.

– T'es direct, toi... Non, il y a personne dans mon cœur et surtout pas de lascar... J'ai pas envie d'être avec un mec qui passe sa journée à fumer du shit devant sa Play-Station et qui me parle d'islam quand ça l'arrange pour m'empêcher de faire ma vie... C'est ça, le problème avec les mecs du quartier, ils ne sont pas ouverts sur le monde.

Le trajet qui d'habitude dure une plombe arrive déjà à terme. Lies est parvenu à s'acclimater à la température hot de Shéhérazade, il a pu gérer son érection en mettant son sac de sport sur ses genoux et en évitant de trop s'attarder sur les seins de la miss qui pointent sous sa fine chemisette.

Le train s'arrime au quai en douceur, les voyageurs s'agglutinent aux portes pour ne pas manquer le terminus. Shéhérazade sort une plume et un agenda de son sac à main fashion :

– Tu peux écrire ton 06... je t'appelle demain avant de passer te voir pour vérifier mes mails. Mais il est réparé l'ordi ?

Lies fait oui du chef et s'applique à copier son prénom et son numéro de phone, Shéhérazade regarde l'écriture défiler en bleu, elle trouve mimi la façon qu'a Lies de coucher ses *s* minuscules. Elle se lève, percute un baiser de fée sur la joue du jeune homme et court se faufiler dans la marée humaine.

Prêt à faire un second tour de tchou-tchou, Lies n'a pas bougé, plus que jamais sous le choc d'une émotion bénie par la générosité des cupidons.

À l'heure de la brume

7 août.

Seul dans une salle d'attente silencieuse aux murs posterisés de cornées, de nerfs optiques, d'iris, de cataractes et de pupilles, Lies est assis sur une chaise aux accoudoirs poinçonnés de braille. Il finit de siroter son Mecca-Cola en feuilletant d'un œil une gazette où un labrador lui tire la langue. Sur le parquet ses pieds battent à la mesure de son stress. De grosses auréoles s'évasent autour des aisselles de sa chemise. Il sifflote pour éviter de se ronger les ongles.

Ce matin, l'œil droit n'est pas parvenu à chasser la brume. Sur l'écran du mobile, l'heure d'ouverture du taxiphone vient d'être dépassée d'environ dix minutes. Gazouz off, c'est à Lies d'ouvrir la boutique. Il n'a pas perdu de vue que Shéhérazade doit lui rendre visite pour vérifier ses mails et faire plus ample connaissance de son humble serviteur. Elle ne fera pas long feu devant le rideau métallique. Pour Lies, un premier rendez-vous qui tombe à l'eau est plus angoissant qu'un œil qui vire au gris.

Il aimerait la prévenir de son contretemps, mais aucune barrette de réseau ne percute son portable. Elle va le maudire, ne voudra plus voir sa ganache. Il en a les mains moites.

Dans un dernier sursaut, il se met à cligner de l'œil, frotte sa paupière, la décolle avec le pouce et l'index, coince dans sa bouche la paille du Mecca. Courbe le tube en plastique à la lisière du blanc de l'œil et souffle violemment dans le conduit, chassant sans ménagement les poussières et autres micro-gravats. Il y voit de nouveau net. Il kisse sa paille magique avant de la réintroduire dans le gobelet en carton, se lève. Plus rien à faire ici, le temps a tourné, il ne voudrait pas rater Shéhérazade.

– Monsieur, vous voulez bien me suivre, s'il vous plaît ?

D'une voix rauque, l'ophtalmo vient de contrecarrer les plans de son patient miraculeusement rétabli. La poignée de main rengainée, Lies suit le spécialiste sans oser dire que l'harmattan a chassé le cumulus de son oculaire. L'homme est roux tape à l'œil. Un écureuil en fugue pourrait se camoufler dans sa tignasse sans qu'on puisse y trouver une seule KK wuet. Ses sourcils sont comme deux accents circonflexes rouillés sur une page blanche. Son regard a des reflets d'automne, sa bouche est une fine brindille sèche d'un demi-siècle.

En moins de deux, Lies est ausculté dans un cabinet tamisé aux senteurs artificielles de lilas.

Les gouttes physiologiques ont dilaté l'œil, des picotis surgissent, des larmes coulent.

Poil de Carotte a calé le menton de Lies, arrimé un microscope sur le globe oculaire et plongé dans la cornée, perquisitionné pupille, cataracte et rétine.

L'ophtalmo semble en apnée dans ce regard marron clair, excité comme un chasseur de trésors, il zoome par-ci par-là, à la recherche d'une déchirure ou d'une malformation. L'examen du fond d'œil terminé, la blouse blanche tend un kleenex à Lies pour qu'il s'éponge la mirette.

– J'ai décelé une fragilité de la rétine à votre œil droit. Je peux traiter les zones lésées au laser pour éviter que celle-ci ne se décolle. Vous m'avez dit que vous êtes boxeur. J'ai le regret de vous dire qu'il va falloir que vous raccrochiez les gants, monsieur…

Lies reste de marbre. L'œil continue à pisser sa mer. Une malédiction vient de le foudroyer. La brindille du rouquin a libéré une sentence annonçant la mise à mort du gladiateur.

Lies, balbutiant :

– La boxe, c'est ma vie. Je lui ai tout donné… y a pas moyen de mettre une double ration de laser pour gommer le problème ? J'ai pas encore fini de m'exprimer avec mon art.

– On ne gomme pas le problème, monsieur. Pour moi, c'est tout vu. Le diagnostic est clair, plus de boxe ou je vous promets une baisse visuelle et la cécité.

L'ophtalmo, pragmatique :

– Si vous le voulez, on peut opérer tout de suite, c'est à vous de décider, c'est pas douloureux et ça cicatrise très vite.

Lies accepte de passer sur le billard. Sans pour autant renoncer à la compétition. En travaillant ses esquives et en montant bien haut sa garde, il est convaincu que son œil ne le lâchera point. Et pour obtenir son renouvellement de licence pro, il n'aura qu'à envoyer un clone se faire tâter la rétine à sa place.

En Lies l'uppercut de la passion l'emporte irrémédiablement sur l'esquive de la raison.

À l'heure des avalanches

Avec trois heures de retard, Lies a repris les commandes du taxiphone. Les cabines téléphoniques font tourner les unités. Les yeux cachés derrière des verres fumés, la tête dans les choux, son moral n'est pas au beau fixe mais il ne se laisse pas abattre, misant sur le sourire de Shéhérazade pour se refaire une santé. Viendra-t-elle, ne viendra-t-elle pas, est-elle venue puis repartie ? Lies n'a pas le courage de l'appeler, il ne veut rien brusquer, il croit en son étoile, certain qu'elle finira par se manifester. Le taxiphone est en surchauffe, le ventilo fait du mieux qu'il peut pour transformer l'air chaud en blizzard mais n'est pas alchimiste qui veut. Lies a ouvert toutes les portes et les fenêtres de son commerce.

Le coin internet ne sera connecté qu'à l'arrivée de Shéhérazade. L'ordinateur a été briqué avec soin, le clavier javellisé, l'écran désenneigé, la souris dorlotée, la chaise bancale remise sur pied pour que le fessier de la belle n'ait pas à battre de l'aile. Et, the must, dans un verre à thé une rose rouge parfumera son odorat délicat.

La sonnerie du GSM retentit, Lies décroche. Shéhérazade, pas Shéhérazade ?

– Allô !

– Oui, allô, Lies ?

Une voix d'homme à l'accent du Sud. Mauvaise pioche.

– Lui-même.

– Je suis l'organisateur du gala de boxe qui doit avoir lieu le 10.

Le ton n'est pas à la franche rigolade :

– Vous avez suivi les actualités ces derniers jours, dans les quartiers nord de Marseille ?

– Non.

L'homme ne cache pas sa tristesse :

– Alors, je vous fais le pitch. Un jeune de la cité s'est fait plomber par une patrouille de police, des émeutes ont éclaté et, comme il n'y a pas de fumée sans feu, les minots ou la flicaille, qui sait ?, n'ont pas eu une meilleure idée que d'incendier le gymnase où devaient avoir lieu les rencontres pugilistiques… On doit annuler.

Silence radio.

Lies s'arrache les cheveux, comment annoncer cette catastrophe à ses jeunes qui se sont donnés corps et âme pour participer à leur baptême du ring, espérant voir la mer pour la première fois de leur vie ? Teddy, Samir et tous les autres… Deux mois de pédagogie partis en fumée, deux mois à maintenir les jeunes dans un esprit Coubertin et tout s'éteint d'un coup de feu…

– Je suis vraiment navré, Lies. Toutes mes excuses à votre staff et vos poulains… Merci de nous avoir fait confiance et peut-être à l'année prochaine.

Lies raccroche sans un mot, décomposé. La sonnerie retendit de nouveau. Un appel masqué, pour ne pas changer. Une roulette russe. Il susurre *Inshallah Shéhérazade* avant de dégainer, l'estomac noué par le dernier communiqué marseillais.

L'oreille calée au cellulaire, il n'a pas le temps de dire le allô magique qu'il est poussé dans les cordes par son interlocuteur :

– Voilà, monsieur, nous sommes confrontés à un réel problème. Hier, vous avez donné un cours de boxe à la maison d'arrêt et je me retrouve au petit matin, avec le numéro d'écrou 4599910 pendu dans sa cellule au moyen de l'une de vos bandes de protection… Il a passé la fouille sans qu'on ait remarqué qu'il avait dissimulé dans son slip les bandes jaunes avec votre prénom inscrit dessus au feutre… Lies, c'est bien ça ? Ne vous en faites pas, l'individu n'en était pas à sa première tentative. Cette fois-ci, il ne s'est pas loupé.

Livide, Lies sort prendre une bouffée d'air frais. Il s'éloigne de la boutique, se pose sur un banc des alentours, gobe le peu de salive qu'il lui reste pour huiler sa corde vocale.

– Vous êtes qui ?
– Le directeur de la prison.
– C'est Ouasine, le suicidé ?
– Oui, le numéro d'écrou 4599910. Je pense que nous allons devoir cesser notre collaboration pour quelque temps. Vos bandes ne seront pas mentionnées dans le procès-verbal, on dira qu'il s'est pendu avec ses draps. Affaire classée, au revoir monsieur.

Plus de cinq minutes que la conversation est terminée. Lies a toujours le GSM collé à son oreille, assis sur un banc en béton, les jambes en compote, la bouche sèche. Tête baissée pour implorer le pardon. Le regard éteint derrière les verres teintés de ses Ray-Ban. À quoi bon pleurer ? Ça ne fera pas revenir le mort, mais quand la douleur est grande, normal que les écluses débordent. Jamais deux sans trois, la sonnerie martèle une nouvelle fois l'enclume auditive de Lies. Ses larmes continuent de couler, rebondissent sur les brins d'herbe pour finir dans le gosier d'une escorte de fourmis rouges. S'il n'avait l'espoir d'entendre Shéhérazade, jamais il n'aurait répondu à cet appel. La voix neutre au possible pour ne pas laisser transparaître sa souffrance, il décroche :
– Oui.
– Lies ?
Un timbre féminin, le chant d'une sirène, la providence. Il se ressaisit, se lève, fait une flexion-extension, se chahute pour évacuer sa déprime, s'éclaircit la

gorge et avec son bel organe de baryton de velours il émet un :

– Shéhérazade ?

– Non… C'est Nanou, la directrice de casting, je vous dérange ?

Tête basse, combiné à l'oreille, Lies le pas lent sur le tapis du bitume s'en retourne au taxiphone, écoutant sans conviction la voix enjouée de Nanou :

– Le réalisateur a été bouleversé par votre bout d'essai et aimerait vous rencontrer pour vous proposer le rôle de Willy, l'inspecteur de police… Demain après-midi, vous seriez libre pour une rencontre avec le réalisateur ?

La nouvelle ne le laisse pas indifférent, toujours ça de gagné dans une matinée mal embarquée…

– Oui demain aprèm, j'ai rien de prévu. J'ai pas de stylo mais vous pouvez m'envoyer un texto avec l'adresse du rendez-vous, ce serait gentil… Merci à vous.

Lies sourit à demi, raccroche, lève la tête en direction du point phone étrangement calme. Un mauvais pressentiment le traverse, le sang en ébullition, il presse le pas, ses yeux s'écarquillent derrière ses verres fumés, sa respiration se saccade. Son pouls a la tonalité des bad trips. Il se perd dans ses pensées, la mâchoire prête à mordre. Il n'aurait jamais dû quitter son poste. Il ôte ses lunettes, éberlué. Le taxiphone a été pillé en cinq-cinq sans que personne pousse un cri d'alarme. Les cabines ont été chahutées, le distributeur de boissons mis à sec, le tiroir-caisse kidnappé, le ventilo chouravé, l'ordi parti surfer ailleurs et la rose froissée…

Lies connaît les règles du jeu : il a commis une faute impardonnable, faire confiance à son prochain. Le coup de sang passé, il fait tomber le rideau métallique de la boutique, s'engouffre dans les boyaux du quartier, compose un numéro sur son portable. Le réseau est plein de barrettes, en moins de deux son appel est pris en charge par une boîte vocale :

– Bonjour, vous êtes bien sur la messagerie de Shéhérazade, laissez votre message après le bip et je vous rappellerai au plus vite.

– Salut Shéhérazade, c'est Lies, j'espère que tu vas bien, le taxiphone vient de se faire vandaliser, j'ai fermé, je suis désolé… si tu veux boire un verre, je suis à ton entière disposition. Bise.

À l'heure du KO

Lies a demandé à ses poulains de ne pas se changer tout de suite, il veut leur parler. Le groupe ne sait comment réagir vis-à-vis de la gravité qui imprègne les traits tendus de l'entraîneur.

Lies remonte ses verres fumés sur le haut de son crâne, l'œil au laser scanne chacun des visages, ni voile ni brouillard, l'intervention chirurgicale a été un succès. Une demi-heure que l'entraînement aurait dû débuter. Teddy est l'un des derniers retardataires, capuche sur la tête, l'allure pleine de style, il shake ses potos agglutinés dans un vestiaire pas plus spacieux qu'une G.A.V. Bien en vue au milieu de la pièce, Lies le prie de trouver une place où s'asseoir. Teddy se pose sur la carcasse d'un sac de frappe épuisé par les coups, ne comprenant que tchi au pourquoi de cette réunion extraordinaire organisée au pied levé, sans buffet ni officiels. Lies fait un petit shadow pour dénouer sa crispation, la monture argentée est retombée sur son nez, les watts de l'ampoule l'éblouissent quelque peu.

L'attente a assez duré, les absents ont toujours tort. Lies prend la parole, chaque mot est pesé plus méticuleusement qu'un gramme sur le corps du boxeur affûté à la limite de sa catégorie. Il ne cherche pas à bluffer, sa peine est sincère :

– Marseille m'a téléphoné et m'a fait un shake-up sur son état, le diagnostic n'est pas bon du tout…

Sur ce charabia médico-blabla, des ricanements fusent, rien de clair ne sort de l'oratoire, l'assemblée reste sur sa faim :

– Il y a eu des coups de feu, un mort, des incendies, un gymnase barbecue. C'est ce que je voulais vous dire… La rencontre à Marseille vient d'être annulée, je suis…

Il n'a pas le temps d'en dire davantage, le vestiaire est soudain inondé par un raz-de-marée de colère. À la grande surprise de Lies, les plus virulents ne sont pas les plus vaillants sur le ring.

Un coq lance les hostilités :

– Ça veut dire que pendant toutes ces vacances, on s'est mangé des droites gratuites et même pas on va à Marseille… Moi je dégage, on s'est fait carotte…

La porte reste bouche bée du coup de pompe qu'elle vient de prendre en plein thorax. Le coq et une partie de sa basse-cour quittent le navire.

Un super-léger gratte là où ça fait mal :

– Tu disais, l'essentiel, c'est de participer et nous on est où dans tout ça ? Tu m'as fait perdre trois kilos, je ressemble à une sardine séchée, je suis dégoûté, j'aurais fumé du shit j'en aurais cramé le double sans qu'on m'ait foncedé la bouche. Et là, avec tes lunettes à la *Men in Black*, tu dis que Mars c'est mort ! Tu nous as niqués… La vie tourne, comme sur le ring tu nous l'as faite à l'envers et nous, on va te la faire de travers, t'inquiète…

Super-Léger et son poto Super-Moyen se pacsent et s'esquivent du club en crachant une joute de gros mots à peine camouflés par leur protège-dents. Lies ne cherche pas à les retenir, à leur âge, il aurait sans doute réagi de la sorte. La tête dans les étoiles, il capte le Lourd haut de deux mètres dopé au mafé qui se dirige vers lui. Le golgoth fait de l'ombre à l'unique source de lumière collée au plafond. Lies en a la chair de poule, il est à deux doigts de faire usage de son jeu de jambes. Le mammouth se positionne à portée du coach. Son regard ne laisse transparaître aucune lueur d'espoir. Il ferme son poing droit, ses articulations de métacarpes craquent comme dans un bon Bruce Lee. Sa respiration a le vrombissement d'une centrale nucléaire. Ses yeux sont des viseurs de sniper. Avec sa voix de chenil, il désosse :

– Moi je te shake parce que tu m'as fait prendre confiance en moi, et perso je n'ai jamais voulu boxer à Marseille ou ailleurs, j'avais du temps à tuer et des kilos à perdre. Adios.

Les deux poings se cognent et le Lourd aux pas de velours bouge sa masse vers la sortie. L'ampoule peut à nouveau éclairer l'endroit devenu quasi désertique. Ne restent que Teddy et sa toison blondinette. Sombre et malheureux, assis sur le sac de frappe au confort sans égal, il a défait ses bandes.

Lies s'est installé à ses côtés. Pas bavard, le poulain mâchouille une zalamette.

– J'espère que tu ne m'en veux pas, Teddy… Je compte sur toi pour mettre Samir au courant.

Teddy se tourne brusquement vers Lies. Cherchant à capter le blanc de ses yeuzes à travers le vitrail des Ray-Ban, amer il postillonne son fiel :

– Samir, il aurait pas boxé là-bas. Aujourd'hui, il s'en bat la race de ta boxe…

Il crache la brindille inflammable, n'en dit pas plus, glisse son regard entre les griffes de ses Pumas et fait battre ses cils. Lies est surpris par ce qu'il vient d'entendre, choqué comme un hétéro découvrant son homosexualité.

– Et pourquoi Samir n'aurait pas boxé avec toi ? Il fait partie des boxeurs les plus doués et les plus motivés. Personne ne l'a forcé à s'entraîner, que je sache… À moins que je ne me trompe. Je me trompe, Teddy ?

– J'ai pas dit qu'il ne voulait plus devenir boxeur, mais il n'aurait pas pu descendre sur Mars. Parce que son grand frère Ouasine est mort ce matin. Samir m'a dit qu'il s'est pendu dans sa cellule…

Lies est parcouru d'un frisson épouvantable. Sur son visage, une perle de sueur froide vient d'apparaître, elle brille de mille feux, glisse sur son circuit épidermique, le scarifie à la vitesse de la lumière, dégringole sur le torse caramel, fait des cabrioles sur les barres abdominales avant de finir noyée dans les profondeurs du nombril. Lies perd son souffle, se pince les organes, projette un violent direct du droit contre le sac de frappe sur lequel il est assis, son poing transperce le cuir, sa main est ensevelie dans des sables mouvants. Le sac se vide à la cadence d'un sablier. Strate après strate, les deux paires de fesses se retrouvent sur une peau de chagrin. Teddy reste cloué au sol, estomaqué par l'onde de choc.

– Ouasine…, chuchote Lies en pleine descente.

– Paix à son âme. Tu le connaissais, son grand frère ?

Pas de réponse. Teddy se sent inutile, il se taille en loucedé. La porte claque, réveillant la clochette du King Size, qui n'a pas sa langue dans sa poche. Lies l'extirpe de son jean.

Il décroche, sa voix est absente, sans profondeur :

– Ouais Gazouz, là je peux pas trop parler… Viens, on se voit en haut de chez moi.

À l'heure du prime time

Le soleil a fini sa journée, rayons dans sa besace il rentre se coucher. Dans la tess, les lampadaires parsemés au compte-gouttes prennent le relais, crachotant dans la zone des auréoles lumineuses pas plus féeriques qu'un éclairage médico-légal. Du haut de son dix-septième étage, Ray-Ban retroussées sur sa boîte crânienne, Lies, les pieds dans le vide tel un Pierrot la lune, souffle un épais nuage de marijane en direction des centaines de blocs qui à perte de vue se sont multipliés comme des petits pains.

Sur son King Size, il presse une à une les dix touches du numéro de téléphone de Shéhérazade. Respire à la manière d'un yogi, pendant que les ondes partent intercepter le réseau de la belle endeuillée. Les yeux fermés, il fait le vide et capte les interférences de son appel sur la voie lactée. La mise en attente alimente l'ulcère de sa culpabilité. Il tombe sur le répondeur.

– Bonsoir Shéhérazade, c'est Lies. Je voulais juste te présenter à toi et aux tiens toutes mes condoléances, te dire ma peine et mon entière disponibilité 24 sur H, n'hésite pas à me contacter sur mon 06... Je t'embrasse, t'enlace et pense à toi.

Une larme suspendue à la barricade de son regard, il raccroche. Tire sur le joint. La fumée est plus épaisse que du gaz lacrymo dansant le pow go dans une mosquée, la braise plus vive qu'une éjaculation volcanique, la latte crépite comme l'incendie d'un hôtel social. La substance chamanique castre sa fureur.

– Tu veux que je te dise ? C'est trop haut...

En nage dans son Armani à la Joe Pecci, Gazouz vient d'achever l'ascension du pic de Lachelem. Il rejoint Lies qui pudique a ravalé sa larme au cœur de son oculaire. Les deux hommes se bisent. Lies est heureux de voir son soce. Court sur pattes, Gazouz enfourche prudemment la corniche. Un pied dans le vide, l'autre ancré dans sa talonnette, il dessoude le bédo prisonnier des lips de Lies. Avec deux mini-doigts, il froisse le trois feuilles. Côte à côte, les deux amis respirent l'air pur des hauteurs. Gazouz ne cautionnera jamais l'usage de stupéfiants, l'homme doit savoir endurer en toutes circonstances, c'est dans l'islam qu'il puise ses convictions. Il fait ses cinq prières dans son salon et parfois dans les caves sans minaret, prêche la parole d'Allah dans son foyer, partage son pain avec le juif et le catholique, tape le ballon le dimanche dans une équipe bouddhiste. Il n'a jamais lapidé ses sœurs, ni ne les a mariées de force, encore moins excisées. Pas de barbe sur son visage, pas d'œillères sur ses mirettes, Gazouz aime regarder les chevelures comme il sait se contenter des tchadors et il kiffe choisir avec sa femme les sous-vêtements sexy de leurs nuits câlines.

Lies a sorti de sa poche la licence du petit Samir et la présente à Gazouz :

– C'est son grand frère qui s'est pendu avec mes bandes, et le plus mortel… Shéhérazade, c'est leur sœur.

Gazouz regarde la photo de Samir. Lies, l'œil plongé dans l'étoile du Berger, la voix enracinée dans une plaie hardcore :

– Le même jour, on me demande de raccrocher les gants, j'apprends que le gala de boxe c'est cramé, on nous cambriole, Ouasine. J'ai trop l'impression qu'on m'a maraboutée… Les gamins, ils avaient la haine pour Marseille. Ils pensent…

– Arrête avec les « ils pensent… », s'ils veulent aller à Marseille, ils n'ont qu'à faire un tour au commissariat, ils sont tous de Mars, là-bas… Lies, toi t'y es pour rien si le mec a donné fin à ses jours, c'était écrit c'est la mektoubisation mon frère, et en ce qui concerne le taxiphone y avait nada dans la caisse et l'ordinateur qu'ils ont péta, il était plein de virus. Et puis, tout n'est pas dead, t'as été pris dans un film…

Les deux amis se sourient sous le regard protecteur des astres.

À l'heure du marchand de glaces

8 août.

Sur son Quad agressif, Loudefi fonce pleins gaz entre les allées du quartier. Les chevaux grondent. Les pneus patinent sur le ruban noir. Les jantes chromées tournent à la vitesse d'un barillet. Sa boule à zéro se fait sucer dans le sens du poil par le vent torride. Les vaisseaux sanguins éclatés dans l'écaille verte de son regard ne le détournent pas de son point de chute. Il dompte son engin avec une dextérité déconcertante, se stoppe au pied d'un immeuble. Salue la dizaine de jeunes postés dans le hall baobab.

Loudefi est speed, sur son visage se lit l'état d'urgence. Les salams terminés, à tour de rôle le groupe remet du bifton de plus ou moins grosse coupure. Loudefi empoche le cash et sur un morceau de papier il note avec application les blazes de tous ceux qui viennent de cracher. Les E dans la banane, Loudefi enfourche sa monture. Pas un mot ne s'est fait entendre. Un coup de cric et le pot d'échappement pétarade si fort qu'il pourrait rendre sourd un sonomètre. En un jet d'accélération, il n'est déjà plus là. Le quadeur a le diable aux trousses, sur la route bordant la cité il écrase le champignon, son temps c'est de l'argent et le flouze doit se faire cueillir avant qu'il ne finisse brûlé entre les pattes des cigales du ghetto qui flambent le blé plus vite que dans la fable.

Compteur bloqué, Loudefi évite les nids-de-poule, voltige au-dessus des dos-d'âne, grille les feux rouges et fait un doigt majuscule à la caméra de télésurveillance planquée à l'ombre d'une rue. Concentré dans son doigté, il n'a pas vu la voiture qui vient de lui faucher la priorité. À peine le temps de freiner et c'est un vol plané homologué de dix mètres, ses gants sont restés scotchés au guidon. Les occupants de la caisse sortent à la rescousse du voltigeur dont la chute a été amortie par le coussin de fougères et d'orties, sur le bas-côté. Sa chemise blanche a viré au vert. Flagellé sur toute la surface de sa personne, Loudefi s'en tire sans fracture.

Sur pied, la tête dépassant des hautes herbes, le visage fâché comme au premier jour, il aurait aimé retrouver ses esprits pour remercier le ciel… ou bien… mais… Le voilà plaqué manu militari contre le capot chaud bouillant d'une 605 rugissante. Loudefi est maintenu en respect par les fauves de la brigade anticriminalité *aka* les Rois Mages. La carrosserie fait frire sa joue saignante, sa cuisse pisse le sang. À moitié dessapé dans une rue privée de témoins, Loudefi se fait palper, des couilles aux trous de chaussette.

Un bâton de réglisse à la bouche, Melchior, le chef de patrouille, connaît toutes les cachettes susceptibles d'abriter le produit stupéfiant. C'est un gaulois du terroir, tête rasée, des muscles plein l'uniforme, la mâchoire carrée. Il a été champion de krav maga et la clef à laquelle a droit Loudefi est imparable. Il est vraiment en mauvaise posture, jambes écartées à la limite de la rupture des adducteurs, bras embrouillés dans un méli-mélo. Si Loudefi éternue, il se brise.

Avec son poignard à sauciflard, Balthazar, l'adjoint de Melchior, éventre les quatre pneus du Quad, pensant y trouver drogue ou autre marchandise compromettante. D'origine nord-africaine, devenu policier grâce à la discrimination positive, Balthazar porte un treillis militaire pour ne pas oublier qu'il est en guerre. Il se sent redevable de frapper plus fort à chacune de ses interpellations. Plus royaliste que le roi, il est le premier à casser du banlieusard. Balthazar vit dans son uniforme pour ne pas qu'on lui renvoie en pleine poire qu'il est le melon de la farce. R.A.S. Les chambres à air viennent de lâcher leur dernier souffle, pas de stup dans les boyaux, le Quad est bon pour la casse.

Mains vissées sur le volant, Gaspard a une trentaine d'années, c'est le plus jeune des trois Mages. Il n'a pas pris le temps d'enclencher son gyrophare avant d'envoyer Loudefi dans les ronces et personne n'a jugé bon d'enfiler son brassard. En zone de non-droit la police n'en a que foutre du respect de la loi, imposer la terreur et l'humiliation est sa seule devise. Passe-partout, Gaspard pratique l'art de l'infiltration, sa mère pourrait lui passer dessus sans le reconnaître. Fan de la Zoulou Nation, il a une coupe de MC, porte un pantalon Cumpaz et des baskets de breakeur. Sa plus belle affaire : s'être incrusté pendant sept mois dans un cours de danse hip-hop en plein noyau dur de la tess. Pour y recueillir des informations cruciales sur les boss de l'économie souterraine. Une fois les Pablo Escobar écroués, Gaspard est monté en grade.

Melchior le franchouillard dégoupille la banane de Loudefi et découvre le joli petit pactole qui va chercher dans les cinq mille euros. Il rameute les collègues. Balthazar le Bédouin empoigne la tignasse de Loudefi :

– Ça marche, le business, ta mère la pute ?

Melchior déchiffre un papier débordant de plus de 150 noms et adresses trouvé dans les poches de Loudefi :

– Je ne te savais pas si maniaque dans les affaires, t'as même la liste des noms de tes clients, c'est pas très prudent, tout ça, ma louloute… T'as vraiment une écriture de demeuré.

Melchior confisque la liste. Loudefi a fermé ses écoutilles, il regarde les Rois Mages se partager la manne sous son nez. Il ne dit mot. Le bain d'orties commence à le démanger.

– T'as des puces ? lui demande Balthazar avec un accent de racaille plus vrai que nature…

Un appel radio libère Loudefi de la clef de bras de Melchior.

– À toutes les unités de police, incendie au gymnase de la Gerboise, demande de renforts pour sécuriser périmètre…

Les portières claquent, Gaspard enclenche le contact, Balthazar lance le youyou du gyrophare. Sur le trottoir, défait, du sang plein les chaussettes, Loudefi referme sa banane rackettée de tous ses E. Se serrant le mors, en boitant il retourne se terrer dans la jungle de la tess, après avoir fait un bras d'honneur en direction de la caméra de télésurveillance.

À l'heure de la croisière s'amuse

Sur la paume du pavé parisien, des muses bronzées déambulent le pas léger, les touristes sont pistés par des pickpockets en tenue de bohème, un paki tente de refourguer sa flore à deux tourtereaux, des bus accordéons brassent l'air, secouant les parasols d'une terrasse branchouillette où Lies absorbe un jus de fruits à la paille et au compte-gouttes, vu que le prix n'est pas donné. Entre deux lichettes, caché derrière ses Ray-Ban, mal rasé, il se laisse conter une histoire aussi passionnante qu'un nombril de danseuse orientale.

Son interlocuteur est un homme de quarante ans, la voix nasillarde, il carbure au demi. Le monsieur porte une paire de lunettes de vue à double foyer type Boursinhac, sapé en Kasso One, proportionné comme un Ken Loach, les cheveux en bataille genre Cassavetes, un sourire de Fejtö et des doigts plus bagués que Tarantino. Réal sans paillettes ni sucettes, il porte sur son visage les traits de l'artiste pondu par la flamme de sa propre étincelle.

Le director est exubérant, il parle d'acteurs, d'actrices, de dialogues, d'improvisation, de plans-séquences, de flash-back, d'ellipses, de travellings, de champs contrechamps, d'action, de one take, d'autorisation, harponne une olive avec un cure-dents circoncis de travers... Lies, néophyte, se tait pour ne pas casser le flow du metteur en scène à la voix de canard.

– L'équipe du HMC va te mettre dans la peau du rôle, j'ai pas envie de refaire d'essai, je sais que c'est toi... Habillé maquillé coiffé, tu seras Willy, un jeune inspecteur de police qui tombe éperdument amoureux de son indic, une délicieuse balance gagnant sa vie en faisant des strip-teases pour des mafieux impliqués dans des histoires de drogue et de crime. Du polar, quoi.

La machine à parole du cinéaste continue à fabriquer du rêve tout en crachant les noyaux d'olives.

Lies est comme au cinéma, il écoute l'artiste :

– Le support, ce sera du HD qu'on kinéscopera... C'est moi qui cadrerai, on tournera en équipe réduite. Sur la feuille de service tu seras P.A.T. à 8 heures, on aura de grosses journées... C'est une petite boîte de prod' qui nous suit sur ce projet, on est tous en participation, tarif minimum syndical. De toute façon si j'avais été maqué à une grosse production, on ne m'aurait jamais suivi financièrement, t'es pas bankébeul...

Il pose pieusement sa main sertie de ferraille sur un scénario d'une centaine de pages.

– Il faut que tu le lises.

Le titre en caractères gras est souligné :

<u>VISCÉRAL</u>

– Je ne te demande pas du mot à mot dans tes répliques, approprie-toi le texte. Boxe les phrases, Lies...

Lies retire ses lorgnettes anti-UV, s'empare du scénario, le soupèse, le feuillette, découvre les intérieurs et les extérieurs, les numéros de séquence, les répliques de son personnage. Il tient entre ses doigts la matière première du septième art.

– Merci de me faire confiance, monsieur Faradj.

– Ne me chante pas les mercis tant que tu n'as pas vu le cut final, et ne me dis pas monsieur, Samuel, c'est mieux. Je crois en toi, j'ai vu ton bout d'essai. Peu d'acteurs auraient osé s'approprier un rôle qui ne leur était pas destiné. Et tu m'as ouvert les yeux, à moi qui me prenais pour un réalisateur engagé et qui ai toujours auditionné des beurs et des blacks pour jouer les délinquants dans mes films. En te choisissant, je ne me suis pas fait que des amis, l'acteur qui devait jouer l'inspecteur veut me coller un procès... Mais bon... Son père le pistonnera sur d'autres tournages.

Samuel lève son godet aux trois quarts vide, trinquant à leur rencontre et au film. Les deux verres se retrouvent en cale sèche.

Sur la table certifiée Starck, un cellular high-tech chantonne un tube qui une fois déposé sur le bout de la langue devient un véritable parasite. Samuel décroche. Il porte sa voix jusqu'au trottoir d'en face.

– Oui, il est avec moi, coup de foudre... Merci à Nanou, elle a eu du flair. On vient juste de lever notre verre au succès du long-métrage...

Samuel offre un sourire mirobolant à son acteur principal mal à l'aise devant cette adoration non contrôlée. C'est le biz-show, à peine deux heures ensemble et tu fais partie de la famille. Le boxeur n'est pas dupe, il sait qu'on attend beaucoup de sa performance, cette expérience peut se révéler un véritable tremplin : briller ailleurs que sur un ring, s'exprimer autrement qu'avec les poings, quitter le ghetto...

Samuel écoute attentivement son interlocuteur, à l'autre bout de son oreillette. Il se décompose littéralement, les nouvelles ne semblent pas si bonnes. Il commande un autre demi, le siffle d'un trait, furax, comme si on venait d'interdire Lourdes à un paralytique.

– Il nous plante quarante-huit heures avant le tournage. Je sais bien que c'est pas le seul régisseur sur la place de Paris. Et pour Lies qui vit en banlieue, il me faut absolument un chauffeur. Oui, on se fait un point ce soir... Je t'embrasse.

Samuel a raccroché. Il observe un silence plus lourd qu'une enclume en cloque.

Lies devine que la place de réalisateur en chef n'est pas easy easy.

– Le régisseur et tout son staff viennent de nous lâcher pour un autre tournage mieux casqué. Dans ton quartier, il n'y aurait pas une personne à qui ça plairait de travailler en tant que stagiaire régie ?

– Ça consiste en quoi ?

– C'est simple : si t'as un pote sérieux et ponctuel qui a son permis de conduire et la voiture qui va avec, on l'embauche pour qu'il te transporte sur les lieux de tournage le matin et te dépose chez toi en fin de journée, et qu'il s'occupe des cafés et du catering. Rien de bien sorcier, c'est pas super bien payé mais c'est une expérience enrichissante.

Lies, pris de court dans son moteur de recherche cérébrale :

– Là comme ça, je vois pas qui mais je vais y réfléchir.

Samuel exhibe un appareil photo numérique, cadre l'acteur dans son objectif :

– Ne bouge pas, Lies, la lumière est si belle sur toi… Le petit oiseau va sortir…

Clic-clac, il shoote en haute résolution. Le portrait est réussi, sa photogénie ferait se tordre les pinceaux d'un Vinci. Sur le petit écran plasma, Lies a le visage à moitié dévoré par une ombre douce, son regard est clinquant, son œil droit a parfaitement digéré l'opération.

À l'heure du R

Dans le tchou-tchou, Lies tourne les pages du scénario, dévore didascalies et dialogues. Il est surpris de la sensation de liberté que procure la lecture. Les mots sont précis, beaux, riches, nouveaux, et imagés. Du haut standing comparé aux faits divers et horoscopes qu'il ingurgite dans ses quotidiens. Absorbé par la story, il se plonge dans la peau du héros et se détache un peu plus de la sienne.

Lies sait qu'il n'aura pas de problème pour jouer le jeune inspecteur, il les a tellement vus à l'action qu'il n'aura qu'à faire le cow-boy pour être crédible, alors il se zappe, préférant s'attarder sur le rôle féminin de Natasha, dont il tombera éperdument amoureux au fil de l'histoire. Une fille de l'Est à l'accent slave, vingt ans, blonde, un corps à la plastique redoutable, un visage angélique serti d'un regard de braise. Lies lit entre les lignes la séquence 69, s'y projette. Nue dans un jacuzzi fumant, Natasha ondule son corps athlétique, sa cambrure de princesse peule est surlignée d'huile exotique. Sa chute de reins ferait se défenestrer un cupidon. La sensualité de ses mouvements hypnotise les bulles de savon. Ses fesses rebondies ont le charisme d'une couverture de charme. Ses seins siliconés pourraient être les partenaires officiels de la FIFA tant ils vont droit au but. Elle se dandine, plus hot qu'un ballet du Crazy Horse. Sa nuque sexy refroidirait Dracula et le plan rapproché sur son pubis épilé à la cire au miel donne à Lies l'envie de se réincarner en abeille…

Le King Size vibre, il vient d'intercepter un SMS :

Slt Lies C Shé mrci pr ton mess.
Mn gr frre se fr enterré 2main mat, au 6metière, Kiss.

Lies referme les pages du scénar et se replie dans le train-train de sa vie quotidienne. Depuis le décès de Ouasine, il a refroidi ses plans sur la comète avec Shéhérazade. Le moment est mal choisi pour couper les ponts, il ne s'est rien passé entre eux et c'est mieux ainsi. Après l'enterrement, il prendra ses distances, impossible de vivre avec la femme dont le frère est le cadavre du placard. Sous-sol après sous-sol, le R continue à s'enfoncer dans la sous-France.

Parvenu à la gare routière, Lies montre mécaniquement sa carte orange au chauffeur kainfri occupé à nettoyer sa paire de lunettes de soleil avec une goutte de salive et un morceau de soie rose. Sa peau noire brille, elle a l'odeur du karité, son visage est parsemé de petites scarifications, à son cou pend le nom du Miséricordieux. Sa coupe afro oscille entre une Yvette Horner sous acide et un porc-épic en phase terminale. Monsieur Coulibaly est connu de tous comme étant un magicien de la sorcellerie noire. Très respecté sur sa ligne, son bus n'est jamais tagué, caillassé ou cocktailé molotové car ses mauvais sorts peuvent déterrer les morts. À son poignet gauche une montre Rolex made in Barbès résonne à l'heure de Bamako. Il porte un pantalon pattes d'éph' psychédélique à la James Brown.

Lies s'est installé dans le fond et continue de se délecter des séquences du scénario. Monsieur Coulibaly chausse sa paire de lunettes chromées, jette un coup d'œil à Lies dans le rétroviseur, puis il se lève et s'en va à sa rencontre, s'épongeant le front avec son carré de soie rose. Lies sait les pouvoirs que l'on prête à ce marabout camouflé derrière son uniforme d'Occidental. Caché derrière ses verres réfléchissants, Coulibaly passe au détecteur le yin et le yang des chakras de Lies, puis, sans préliminaire, il se lance tout feu tout flamme dans un solo digne d'un griot :

– Bienvenue à toi. Le ventre du bus n'a pas beaucoup de voyageurs pour l'engraisser, il fait des gargouillis, mais avec l'aide de Dieu nous ferons bonne route… Le soleil, il est vitaminé comme au pays… Tu loges à la grande cité ?

Lies acquiesce de la tête, un chouïa déconcerté par le sabir du vieil homme. Il ne souhaite pas prolonger la conversation, se penche sur son script.

– J'ai le cœur qui saigne pour toi aujourd'hui… Tu sais, mon fils, les histoires de Blancs, c'est pas bon pour ton esprit. J'ai les pouvoirs des ancêtres et je l'ai senti dès ton arrivée. Tu dois venir me voir à la maison, je te ferai un travail qui te protégera, tout présentement wouallaïh.

Il marque une pause pour croquer une noix de kola rouge si âcre qu'une grimace d'Halloween s'est plaquée sur sa trogne. Lies ne peut s'empêcher de sourire.

– Tiens, mon fils…

Coulibaly tend sa carte de visite en continuant à croquer le fruit du kolatier. Ses dents sont plus blanches que celles d'une hyène. Lies referme le scénario et observe son reflet dans les verres teintés du médium.

– Il part à quelle heure le bus, monsieur ?

– Maintenant, dit Coulibaly après avoir regardé le cadran de sa contrefaçon.

– Alors en route, chauffeur… Bismillah…

À mesure que le bus se laisse happer dans les tréfonds du ghetto, une odeur de cendre s'infiltre dans les narines de Lies. Au-dessus des blocs, un épais nuage de fumée noirâtre se balade au gré du vent. Coulibaly passe les vitesses aussi brusquement qu'un taxi-brousse en pleine savane. Le boucan produit par le moteur du bus est semblable aux turbines d'un char Leclerc lancé en plein galop, sur chaque nid-de-poule du macadam c'est une vertèbre qui saute.

Soudain, Lies se fige. Un détail manque dans le décor qui se profile sous son regard anéanti : le gymnase n'est plus là. Volatilisé. Ses genoux deviennent mous comme une cervelle de crapaud. Il se lève et se dirige vers le bouton d'arrêt, KO debout. Le véhicule freine à l'abribus de la Gerboise. Main sur leur feu, des képis quadrillent une meute de scarlas. Les pompiers sont encadrés par un cordon de sécurité assaisonné par les Rois Mages de la BAC en gilet pare-balles, doigt sur la détente de leur flash-ball, prêts à tout arroser à la moindre étincelle. Une fois la dernière volute de fumée envolée, le convoi se replie en rangs serrés sans actionner le youyou des gyrophares.

Au milieu des ruines, Lies jette une larme sur un morceau de matière incandescente. Les sacs de frappe sont carbonisés, les cordes à sauter ratatinées, les protège-dents boucanés. Les flammes ont désossé le ring telle une cuisse de poulet dans une assiette de crève-la-dalle. Les gants n'ont pu supporter le punch de la fournaise. Les coquilles ont roussi. L'horloge fondue n'est pas signée Dalí. Les archives retraçant la carrière du club sont parties en fumée. Derrière un amas de gravats, Lies repère la balance de Jeannot, brûlée au dixième degré. Il la saisit à l'aide d'une charpie sur laquelle un écusson du boxing-club s'est fait redorer le blason.

Mendoza, le fondateur du club, ne s'en remettra pas, Lies préfère ne pas lui gâcher ses vacances, motus et bouche cousue jusqu'à son retour.

À l'heure du ronpiche

Pèse-personne dans une main et scénar dans l'autre, Lies gravit une à une les marches de sa tour. Qu'est-ce qui a bien pu pousser un incendiaire à décimer un lieu où l'universalité avait élu domicile ? Sept étages plus haut, essoufflé, aucune réponse ne lui donne satisfaction.

Au seuil de la porte de son appartement, il constate que le paillasson à poil dur s'est fait la belle, sans doute kidnappé pour être revendu au marché aux puces. C'est un bizness en plein essor, des graffiteurs du level de Yaze les customisent et se font un bon petit billet dessus. De l'art au dollar en passant par la case chourave, c'est la loi du marché.

Les mains chargées, Lies frappe d'un délicat coup de pompe à la door du Jeannot voisin. Les yeux mi-clos, celui-ci apparaît dans un pyjama décoré de moutons faisant ronpiche sur des nuages douillets.

Lies enfile quatre bises à Jeannot. Les joues de l'ogre ont le piquant de la harissa nappée d'un filet de barbelés.

– Je suis désolé, je n'ai pas fait attention à l'heure. C'était juste pour vous annoncer deux nouvelles, une bonne et une moins bonasse.

Lies montre tour à tour le scénar et la balance calcinée. Jeannot, la voix comateuse, désigne du doigt le pèse-plus-personne :

– Elle a disjoncté, la moins bonasse ?

Lies se confond en excuses :

– Le gymnase a été incendié... Parfois je me demande si à force de nous faire gober la disquette qu'en banlieue on est des barbares, le martelage n'a pas eu raison de nous... Je vous la rembourserai dès que j'aurai pris mon bifton avec ça.

Pas peu fier, Lies se ventile sa belle gueule avec le manuscrit. Ses lunettes noires lui donnent l'air d'une rock-star. Jeannot lorgne sur l'éventail gigotant dans la main droite de Lies, ses yeux s'éblouissent, un sourire illumine son visage.

– Merci. Vous aviez raison de m'encourager, ils m'ont donné le rôle de l'inspecteur.

Jeannot en joie se jette sur Lies, saisit son bras et le brandissant en l'air il projette :

– Je te déclare vainqueur à l'unanimité de mon cœur, je suis fier de toi fiston, mais ne perds jamais de vue que l'on ne t'a rien donné. Le rôle, c'est toi qui l'as gagné.

Puis changeant de ton et de conjugaison :

– Le pèse-personne, vous pourrez le bazarder dans vos ordures. Moi, je m'en retourne à mes moutons. À mon commandement, une deux une deux...

Sous le regard éberlué de Lies, Jeannot s'en va au pas de charge rattraper son sommeil réparateur. Les deux portes ont claqué, ronpiche ronpiche font les refrains de leur dodo.

À l'heure du dernier pilon

La lumière du hall creuse la profondeur du regard de Loudefi, sur son épiderme les plaies du vol plané n'ont pas fini de saigner, il fait couler une goutte d'alcool sur la fissure de son coude gauche. Ça pique. Sa chemise est tachée d'hémoglobine indélébile, son pantalon est décousu jusque dans la chair, ses chaussures sont rayées pareilles à des 33 tours que le diamant ne lira plus. Goulot de J&B à la bouche, il tient les murs avec deux raclos.

Le hall est plus enfumé qu'un hammam aux senteurs de THC, le oinj tourne. On parle de tout et de rien, les conversations sans rime se mêlent à un filet de requiem hallal venu d'une lointaine lucarne. L'un des raclos a la taille d'un videur et le visage en pied-de-biche. Âgé d'une vingtaine d'années, il porte un tee-shirt du Che avec un saroual finement brodé ; autour de son cou serpente un keffieh. Sa voix nuageuse gronde un hymne en mémoire de feu Ouasine.

Loudefi, plus très frais, tend l'oreille sur ce qui se raconte.

– La prison, elle en a pris combien dans cette cité ? Combien y sont ressortis dans du sapin ? On nous croit insensibles à la douleur, à la solitude, sans larmes, avec une carapace si épaisse qu'on nous insulte pire que les chiens. Parfois, je comprends que des frères en finissent… On nous dit qu'on a des droits et des devoirs, et eux, ils ont les antisèches et le pouvoir. Même chez moi, ma télé m'analyse avec des sociologues qui ne comprennent rien de nos codes, qui parlent en mon nom pire que si j'étais un cafard… Ces mangemorts me volent ma parole pour dire que j'ai pas de repères, que je suis une merde, que mes parents ont lâché l'affaire… On est peut-être des cailleras mais quand un frère meurt, c'est tout le monde qui met la main à la poche pour aider la famille… J'ai bien réfléchi et tout ça, c'est de la discrimination pacifiste, on nous extermine en nous empêchant d'être visibles et d'avoir notre mot à dire… Heureusement, parfois ça crame pour montrer qu'on est là…

Le second poto a pris le relais sur le pilon. Il a une tête de teigne. Son centre de gravité est le plus bas des trois gaillards. Le cul posé sur une chaise roulante, il devrait être mort, rapport à une chasse à l'homme où il a servi de gibier. Black, il a essayé de capturer le cœur d'une beurette. Les frères de la sista lui sont tombés dessus à coups de barre à mine à la sortie de la prière du vendredi, jour où il venait de se convertir à l'islam. Castré et encore love d'elle, qui de force s'est retrouvée mariée au bled. Dans sa barbe de frérot, les volutes de beuh se chamaillent. Ses mains appuient tout ce que sa bouche dit, sa parole smatche des myriades de boules de feu qui font l'unanimité dans le ghetto :

– Tu seras toujours un bédouin pour ces gens-là ! De quoi tu te plains ? Tu parles avec des mots enrobés de zarma… Tu fais ton poète, ton Che Guevara, tu parles de sensibilité et depuis que t'es sorti de l'université tu bosses comme vigile. Arrête de geindre, t'es dans un hall ici, c'est la guerre, on n'est pas chez nous. Dans ce pays, y a même plus de place pour nos carcasses dans les cimetières. Ouasine, il est mort. Tu l'as pas pleuré, je l'ai pas pleuré, parce qu'ici les larmes, y en a plus. Et si j'avais dû donner dix euros à tous ceux qui sont dead, mon compte, il serait au rouge. Pour lui j'ai donné, t'as donné, Loudefi a nédo… C'était un grand frère.

Loudefi projette sa bouteille d'eau de feu dans la nuit.

– Mazel tov.

Ivre, il déterre la hache de guerre. Le J&B, dit Jus de Bagarre, l'a rendu chaud, sa langue scalpe tous les bons sentiments :

– Vos paroles, c'est de la merde. On est solidaire quand il y en a un qui clamse, mais y en a combien qui lui ont envoyé un mandat, à Ouasine, quand il était pas encore refroidi ? On est mauvais et on se croit saint, aujourd'hui on se serre les coudes et demain c'est les coups de poignard sur celui qui aura de la réussite dans les poches. Sur la tombe de ma mère, que je dis vrai… Vous avez mis un oral ou cent euros dans la quête, c'est bien. Mais on ne va pas vous filer une médaille pour ça…

La cité ronfle, la lune avale son dernier quartier. Loudefi tire sa révérence aux deux piliers de la barre. Cahin-caha, il se dirige vers le parking sombre, se perd entre les centaines de vagos garées les unes sur les autres. Le J&B lui a noyé le sens de l'orientation, il est perdu… Des coups de klaxon et des appels de phares lui flèchent la trajectoire à suivre. Éclairé, il fonce droit sur Magueule, invisible derrière l'opacité des vitres teintées de sa berline. Le moteur est en bas régime, seuls les boumeurs se font entendre. Ils clament haut et fort du vers lent qui ferait trembler les colonnes du Parlement.

En bon aficionado, Loudefi remue la tête sur chacun des maux, fussent-ils hors la loi à l'oreille d'un l'hémicycle loin des misères. Après une brève accolade, Magueule enclenche la luciole du plafonnier. Le visage de Loudefi est blême, ses yeux sont prêts à éclore hors de leur orbite, il a la bouche enflammée par la tétée du goulot. Sur sa cuisse, l'une des plaies est plus ouverte que *L'Origine du monde* de Courbet.

– Pourquoi t'es pas parti à l'hosto ?

– T'inquiète, je sens plus rien, j'ai saupoudré un demi G de CC dessus, c'est anesthésié…

– La vie de ma mère, Loudefi, t'es barré dans ta tête…

Magueule en a suffisamment vu. Il coupe le contact de l'auto, la marginale musique et le plafonnier s'éteignent instantanément. Dans une obscurité digne d'un confessionnal, les deux alliés se mettent à tailler la bavette.

– Raconte, Loudefi… Tu voulais me parler en tête à tête.

Loudefi fait basculer son siège en position horizontale.

– Je suis mort, dit-il d'une voix désespérée, sur la tombe de ma mère, je suis mort… Les Rois Mages m'ont pécho toute la tune que la cité m'a filée pour la quête de Ouasine… J'ai voulu m'en charger, cinq mille euros… Ma parole contre la leur, ils m'ont baisé, je suis grillé. Tu comprends, si les mecs de la tess apprennent que la thune qu'ils m'ont filée pour le décès n'est pas revenue à la famille, ils me crameront dans un méchoui. Personne n'avalera que les BAC m'ont dépouillé, j'ai une répute de bâtard… Aide-moi, Magueule, un jour avant ou un jour après, c'est la même chose… Viens, on monte au braco… J'essuie mon ardoise, sinon ça va me porter la poisse.

Magueule, audible mais invisible, tente de le rassurer :

– T'inquiète, tu pourras les rembourser avant que ça se sache. J'en parle à Trico, ça devrait pas poser de problème si on avance le casse de vingt-quatre heures. C'est toujours mieux quand on improvise ces choses-là… Il est enterré quel jour, Ouasine ?

– Demain.

– Faut que t'y sois, qu'on t'y voie, qu'on remarque bien que tu donnes un coup de main… Fais ta chialeuse, pleure, plus tu seras triste, moins y aura de soupçon sur toi, et si on t'accuse d'avoir péta la quête, dis que tu l'as remise en mains propres à la famille, que ce sont des menteurs, accuse-les d'être des voleurs… Combien de fois on a donné, alors que la famille n'a pas payé une fleur pour l'enterrement ? Ils gardent l'oseille et payent cash une voiture ou je sais pas quoi… Si ça part en sucette, tu les accuses…

Sur ce, Magueule ouvre la boîte à gang, une veilleuse s'illumine, le chrome du 7 coups scintille.

– On ne sait jamais… Que tu puisses te défendre, si personne avale ton bobard.

Loudefi planque le calibre dans sa banane.

À l'heure des adieux

9 août.

Tout juste une éclaircie dans le ciel ombragé du matin. Le cimetière est noir de monde. Hommes, femmes, enfants, vieillards se frayent en silence un chemin entre les croix et les étoiles de David pour être au plus près d'un trou fraîchement creusé dans l'aire du carré muslim.

Au premier rang, la famille fait bloc. Le père, une soixantaine d'années, a le faciès traversé de rides profondes. Son dos a été courbé par le poids d'une vie de *oui misieu, si vi pli, ti di suite patron*. En bleu de travail et babouches, il absorbe ses larmes dans son mouchoir, d'un hochement de tête il salue les amis venus aux funérailles de l'aîné de sa lignée. Dans sa main droite de prolo, il égrène un chapelet. Du revers de sa paluche gauche il essuie les larmes qui inondent la bouille de Samir. Les yeux rougis, le fiston scrute la fosse pas plus étroite qu'une cellule de mitard. L'odeur de la terre retournée ne fait que rappeler à la mère les fragrances du fruit de ses entrailles. Inconsolable jusqu'à son dernier souffle, elle accouchera en cauchemar de la mort de son propre sang. Shéhérazade ne se laisse déborder par aucune émotion. La tête haute, digne, elle tient la main flétrie et tremblante de sa maternelle. Les deux femmes se ressemblent. Pas besoin d'effets spéciaux pour savoir les métamorphoses de Shéhérazade dans trente ans. Les rides seront des feux d'artifice qui éblouiront son visage, son regard aura de la sagesse épicée de gourmandise, son corps vertical s'inclinera mais ne se fera jamais prendre en levrette par la soumission.

Coran à la main, un vieil homme maigrelet en djellaba verte grimpe sur le monticule de terre, au pied du caveau. C'est le cousin de la famille, il remplace à la volée l'imam de la paroisse tombé malade, ou plutôt qui n'a pas voulu se déplacer pour un suicide, mort honteuse dans l'islam. Stabilisé au sommet du monticule, le zincou ouvre le livre saint. Son visage a la lueur de la flamme préhistorique, sa longue barbe dépigmentée voltige dans les airs, sur son front le point noir des prosternations brille à rendre aveugle un cyclope. Le psaume trouvé, il commence à fredonner *la salât al janâza*, la prière des morts, reprise en chœur par la foule. La sourate terminée, le maître de cérémonie, le regard trempé dans sa haute responsabilité, désigne quatre jeunes gaillards qui auront la charge de planter la bière dans sa niche éternelle. Hasard ou coïncidence,

Loudefi et Lies viennent d'être désignés… Tous deux en costard black, ils sortent des rangs. Ils se sont déjà croisés mais guère fréquentés. Ensemble, ils soulèvent le cercueil en cagette. Lies en partie responsable de l'effet boule de neige ayant entraîné la mort d'un homme, chargé d'émotion et de remords, se demande pourquoi il a été choisi. Loudefi, de son côté, ne pouvait pas mieux rêver. Sous le regard de tous il fait couler ses larmes, il exécute ce que Magueule lui a dit de faire, à croire que c'est son propre frère qu'il enterre…

La tête en direction de La Mecque, Ouasine dans sa boîte ornée d'un croisant islamique s'éclipse peu à peu de la surface du monde. Les pelles sont prises d'assaut et sans laisser le cri de la mère atteindre les cieux il se retrouve enseveli six pieds sous terre.

– Hâtez-vous d'enterrer les morts. S'ils étaient bons, c'est vers le bien que vous les emmenez, et s'ils étaient mauvais c'est d'un mal que vous vous débarrassez.

Le père laisse couler ses larmes. La mère s'est évanouie, Shéhérazade en trombe dans sa petite auto l'a reconduite à la casbah.

Samir, soutenu par Teddy, a colmaté le Niagara de sa peine, il serre fort dans le creux de sa main un morceau de silex pillé dans la sépulture de son grand frère, son regard est glacé, terrible comme une image d'archive que la mémoire ne pourra plus effacer. Son corps manque de chair pour le réchauffer, son nez coule, ses Requins sont à la traîne. Le poing serré, il en veut à la terre entière, évite de lever les yeux au ciel pour ne pas commettre de blasphème. À la sortie du carré muslim, sans sommation, haineux, Samir propulse son silex en direction de Loudefi. Dévié par l'opération du Saint-Esprit, le caillou s'est logé dans les stigmates d'un Christ. Loudefi ne s'est rendu compte de rien, il continue sa traversée du cimetière tandis que Teddy tire les bretelles de Samir.

– Pourquoi t'as fait ça ? Respect, on est dans un endroit sacré.

– J'te demande, à toi, pourquoi tu as cramé le gymnase ? Alors demande pas pourquoi, lui il sait, il va me le payer…

Qui ne dit mot consent, un partout balle au centre. Ils suivent du regard Loudefi sortir vivant de la nécropole.

Plus tard.

Dans l'ombre d'une cage d'escalier, Teddy balance à Samir les raisons qui l'ont poussé à mettre le feu au gymnase. Lies les aurait menés en bateau en leur faisant croire qu'ils iraient à Marseille. Son histoire d'émeute et de fusillade sur Mars serait bidon.

– Maintenant, y a plus de gymnase. L'autre, Lies, il ne mangera plus sur nos gueules… Et toi, pourquoi t'as jeté une caillasse sur Loudefi ?

Samir se gratte le sommet du crâne. Il ne répond rien, contemple sur les parois les dizaines de phrases griffonnées à l'encre rageuse. La lumière du hall marque une longue pause. Teddy appuie sur l'interrupteur, les watts du néon ardent renaissent de leurs cendres. Samir s'est retrouvé torse nu en un clin d'œil, sa chemise repose en équilibre sur la rampe d'escalier. Il se laisse tomber sur le sol, se réceptionne en position de traction et les mains vissées au sol poisseux. Il commence une longue série de pompes. Assis sur le marbre de l'une des marches, Teddy ressent la souffrance de Samir comptant à haute voix :

– Une, deux, trois, quatre, cinq... – Teddy a de l'empathie pour Samir comptant à haute voix – ... six, sept, huit, neuf... Dix... Au départ, quand mon père m'a demandé de faire mes ablutions pour aller voir mon frère à la morgue, je n'ai pas compris pourquoi... Arrivé là-bas, je l'ai vu recouvert d'un drap blanc... Vingt... Il m'a demandé d'aller remplir un seau d'eau tiède, après il m'a fait découvrir le corps jusque sous son nombril... Mort, les yeux fermés, avec la marque violette de sa pendaison autour de son cou... C'était mon grand frère... Trente... Il m'a demandé de laver Ouasine en me disant que j'étais pur pour effectuer sa toilette mortuaire, à mon âge mon reup il avait déjà lavé ses parents morts d'une épidémie au bled... Quarante... J'ai pas versé une larme, j'ai pas eu peur, j'étais tellement fier que mon père me trouve pur, je me suis appliqué à nettoyer Ouasine mieux qu'une bécane de cross ou la voiture de ma sœur... Cinquante... Son visage avait tous les reflets du mien, cinq piges de zonzon je ne le juge pas de s'être suicidé, c'était sa liberté, il me manquera… Soixante… Après, mon père l'a enroulé dans un linceul parfumé…

La lumière vient de s'éteindre. Les larmes aux yeux, Teddy se lève, bouleversé par le récit de son ami. Il clique sur l'interrupteur et la lumière fut mais Samir n'est déjà plus là. Sur le sol, une écume lacrymale flotte sur une flaque de sueur.

À l'heure de l'explosion

Au neuvième étage de l'une des tours, chez des amis de la famille, un dernier hommage autour d'un couscous s'est improvisé à la mémoire de Ouasine. Dans la cuisine, les marmites font leur show. Lies est de la partie, compartimenté dans le salon avec les hommes à barbe et quelques damoiseaux, il picore la semoule dans une auge en bois massif sertie d'arabesques. La mastication est le seul bavardage que s'accordent les convives. La fenêtre ouverte du salon ne radoucit guère la température, les larmes et la sueur se confondent. Des enfants livrés à eux-mêmes sprintent entre les jambes des fatmas, rebondissent contre les murs en placoplâtre, se battent à coups de biberon, délimitent leur territoire sous les jupons.

Un homme de trente-cinq perles sur le chapelet de son existence ôte ses babouches devant la porte du salon. Il porte une djellaba marron, ses cheveux n'ont pas le crépu du blédar, sa barbichette est celle d'un mousquetaire. C'est un Français rallié à l'islam.

Dans un arabe de gentleman, il prononce des condoléances fondantes :

– *Inna lillahi ma akhadha wa lahou ma a'ta, wa koullou chay-ine indahou bi ajalin moussama fal taçbir wal tahtassib.*

– *Amin...*

La bouche pleine, les barbus de la table ronde lui ont fait une tirade moins longue. Jean Abdel Kader s'assied au côté de Lies, lui serre la main et l'applique contre son cœur. Lies n'a compris qu'un mot sur deux dans le langage des siens. Il demande au converti de traduire son invocation :

– Certes, ce que Dieu reprend et ce qu'Il donne Lui appartiennent et chaque chose a un terme prédéterminé auprès de Lui. Endurez avec constance et espérez la récompense.

Tout en servant un verre de lait fermenté à J.A.K., Lies médite la formule. Il a beau se revendiquer laïque, ce sont des mains musulmanes qui le mettront en terre et des chants coraniques qui le veilleront.

Théière argentée à la main, foulard sur la tête, tatouage tribal sur le visage, canine poinçonnée 18 carats, une grand-mère plus ridée qu'une tortue des Galápagos demande à l'assemblée des hommes si un courageux pourrait donner un coup de main pour descendre une bouteille de gaz vide. Lies se lève de son pouf comme un diablotin sur ressort. La grand-mère, aux anges devant tant de spontanéité, lance une bénédiction au jeune messie :

– Qu'Allah ti bénisse, yaouilédi, mon fils !

Bonbonne à la main, Lies s'éjecte de la cuisine, s'apprête à sortir de l'appartement, lorsque la mamie le chope :

– Ti bige pas d'ici, li chauffeur i vient ti di suite...

Dans son costard, Lies garde son sang-froid. Il ne connaît personne ni d'Ève ni d'aujourd'hui et ne sait que répondre lorsqu'on lui ralahralah dans sa langue d'origine.

– Li chauffeur ilila...

La grand-mère voûtée à la démarche arquée est de retour avec « li chauffeur ». Pris par surprise, Lies ne peut s'empêcher de faire éblouir son plaisir, son zizir. Shéhérazade se tient devant lui, une djellaba rose bonbon enveloppe ses monts et ses merveilles, une longue queue-de-cheval a remis ses bouclettes dans le droit chemin. Elle est tenue en main par la vieillotte, qui se lance dans de brèves présentations. Le visage en apesanteur, la jeune chef d'expédition jette des regards furtifs sur son porteur. La mère-grand, vive encore pour ses cent piges, les met à la porte :

– Alli ti dicenter la biteille... I ti viens ti di suite.

Dans l'ascenseur, Lies appuie sur rez-de-chaussée. Il ne sait quoi dire, ne sait quel geste improviser pour la réconforter. Le décompte des étages fuse sur le cadran. La tête haute, Shéhérazade se tient fixe, son visage n'est pas triste, un petit pas de plus suffirait pour qu'elle se meure dans les bras costauds du mâle en costard.

La bonbonne à ses pieds, Lies perçoit une légère odeur de gaz, ne manque qu'une étincelle pour les envoyer flotter dans la stratosphère. Ils se couvent des yeux, Lies inspiré l'enlace, délicat il fait de son mieux pour pas qu'elle craque. Elle a posé sa tête contre son épaule, sa respiration s'est apaisée. Il n'a pas l'esprit à ça, mais le corps à corps le met en feu. La chute est programmée neuf étages plus bas. Lies court-circuite ses pensées obscènes, dans son boxer il lutte afin que le molosse ne s'éveille. Passé le deuil, Shéhérazade n'entendra plus parler de lui, s'il le faut, il s'arrachera le cœur pour avoir la force de l'anéantir de sa vie.

Pas le temps d'atterrir en douceur, la porte s'est ouverte automatiquement sous le regard décomposé de Loudefi, bouche bée. Shéhérazade et Lies sont embarrassés. Le regard méchant, Loudefi glisse sa main dans sa banane, tâtonne le canon froid du calibre, pose son index sur la détente. Le visage crispé, les sourcils froncés, il déloge violemment le couple de l'ascenseur et s'y engouffre. Il n'a qu'une seule envie, plomber les deux lovers. Tirer une balle en plein cœur de Shéhérazade, son amoureuse platonique, et vider le reste du chargeur sur le boxeur. Lies, prudent, a bien compris que la main plongée dans la poche kangourou ne fera pas sortir un lapin, il ne veut pas attiser l'embrouille ni jouer les Zorro.

– Eh, c'est quel étage où on pleure ton grand frère, pendant que tu te fais prendre la bouche ? lance avec mépris Loudefi. T'as pas de dignité, tu joues la fille sérieuse, mais t'es pas mieux que les autres qu'on tourne dans les caves. Tu me déçois...

Shéhérazade surenchérit :

– Je te déçois et après ? Arrête de faire une fixette sur moi, Loudefi, y a rien eu et y aura jamais rien entre nous... Tu me parles de dignité, tu veux me donner des leçons ? Commence par rendre l'argent du mort... Sinon, tais-toi.

Loudefi n'a pas bronché. Il n'a pas l'oreille musicale mais a retenu la note. La porte de l'ascenseur se referme sur son visage couvert de croûtes et de balafres. L'offensive de Shéhérazade a mouché le scarla. C'est une libellule capable de charger comme un taureau.

– Quel bouffon... faut pas que tu t'inquiètes, chuchote-t-elle à Lies. On y va ?

Le King Size se met à bourdonner. L'appel est signé Samuel. Lies dégaine et tout en conversant, il suit la gazelle entre les allées de la tess. La bonbonne vide fait son poids, Shéhérazade prend de l'avance.

– J'ai adoré le scénar, je l'ai lu trois fois, y a des scènes émouvantes qui m'ont vraiment touché, avec Natasha il se dit des belles choses. J'ai compris pourquoi Willy voulait avoir sa revanche sur la vie, son envie d'exister en rentrant dans la police...

Tout en communiquant son enthousiasme, Lies zoome sur Shéhérazade ouvrant le coffre de sa voiturette.

– Au fait, Samuel, ça tient toujours pour le chauffeur ? J'ai peut-être une piste…

Bonbonne au fond du coffre, ceintures de sécurité bouclées, la tuture s'éloigne de la zone de non-droit.

Le soleil de midi tape pleins phares sur la carrosserie noire. Lies a chaussé ses Ray-Ban, le bras tendu à l'extérieur, le vent file entre ses doigts. Shéhérazade appuie sur l'accélérateur, des mini-tornades soulèvent sa djellaba, laissant entrevoir ses cuisses cuivrées. Lies se régale. Il est fan d'elle, plus il veut s'en éloigner moins il y parvient. Installé à la place du mort, il se laisse illuminer par le profil de Shéhérazade concentrée sur sa conduite. Elle n'est pas très bavarde. Une fois la vitesse de croisière stabilisée, il porte la voix au-dessus du vacarme des chevaux et des bourrasques :

– Tu sais, je vais jouer dans un film…

Shéhérazade pile presque sous l'effet du scoop :

– C'est génial ! Je savais pas que t'étais acteur… Quand ?

– Le jour J, c'est demain.

La voiture s'arrête à un feu rouge. Lies continue sur sa lancée, quelques octaves en moins sur les cordes vocales :

– Le réalisateur recherche une personne et je me demandais si ça t'intéresserait de…

– Je suis pas actrice, même en poésie j'étais nulle, et puis j'aime pas me voir…

– Vert.

– Quoi !

– Le feu...

Shéhérazade passe en seconde, la route est déserte.

– Pas comme actrice, chauffeuse...

– Je chauffe qui ?

– Moi. Tu me transportes du quartier au tournage, tu fais des cafés et t'es payée, mais je comprends si tu dis non... C'est peut-être pas le moment !

La turevoi se gare en plein milieu d'une station-service asphyxiée par le cagnard. Dans une cage ombragée, les bonbonnes de gaz, prisonnières, se font crachoter des litrons d'eau pour éviter qu'elles n'explosent. Shéhérazade coupe le contact :

– Je dis oui. J'ai besoin de me changer les idées. Et puis, je me suis endettée avec la mort de mon frère, il m'en a toujours fait payer... Tu veux que je te dise la vérité ? Quand on était au cimetière, c'étaient des larmes de joie que je versais à l'intérieur de moi... Il a eu ce qu'il mérite, si j'avais pu le pendre moi-même je l'aurais fait. C'était un violeur, ça, personne ne le sait dans la cité, ils croient tous qu'il a plongé pour une histoire de deal... j'en ai jamais parlé parce que j'avais honte, mais la première à avoir payé, c'est moi. Dès que j'ai pu lui rendre visite en prison, j'y suis allée pour qu'il me regarde dans les yeux, mais il ne l'a jamais fait...

Elle sort de la voiture, libérée.

Lies a senti le vent tourner, sa culpabilité vient de

s'envoler, il n'est pas un as du nœud coulant mais il est fier que ses bandes aient maintenu au-dessus du sol Ouasine le pointeur.

La biteille di gaz échangée, ils s'en retournent au quartier.

À l'heure du couvre-feu

Shéhérazade a répondu à l'invitation de Lies qui, au sommet de sa tour, a dressé une table somptueuse. Les petits plats dans les grands, avec bougies, encens, musique tamisée. La vue est imprenable sur le néant, mais elle vaut le détour. Au menu, pâtes au pesto, une spécialité du chef : 250 g de spaghettis, persil, basilic, sauge, ciboulette, pignons, ail, huile d'olive, parmesan râpé, sel, poivre, et un zeste de gingembre pour érotiser le tout. Shéhérazade est aux anges. Elle déguste gourmande le plat miam-miam, se sert un verre de jus de pomme fait maison. La table n'étant pas plus large qu'un territoire palestinien, les câlins n'en seront que plus immédiats.

Au dessert, Lies présente un plateau de fruits exotiques parsemé de pétales de rose muleta. Shéhérazade se lance dans le strip-tease d'un litchi, enfourne la chair tendre et sucrée dans la bouche de Lies. Les étoiles tiennent la chandelle et tracent dans le ciel d'août, la lune naissante fait un big-up aux deux protégés d'Aphrodite qui s'embrassent.

– Tu veux que je te lise les scènes qu'on tourne demain ?

Shéhérazade, l'eau à la bouche, lovée contre Lies :

– S'il te plaît.

À la lueur des bougies, Lies se met à jouer ses répliques qu'il connaît sur le bout des ongles. Il donne le ton, fait vivre son personnage, passe du rire aux larmes, improvise, change de voix pour imiter les autres rôles. Shéhérazade est captivée. Mais lorsque arrive la scène d'amour avec Natasha, elle le coupe net :

– Excuse-moi... Tu vas l'embrasser pour de vrai cette fille-là ? Celle qui se fout à poil dans ton film ?

– Willy, c'est pas moi.

– C'est quand même tes lèvres qui vont se poser sur les siennes, tes mains qui vont caresser ses seins... Et tes yeux qui la déshabilleront... non ?

– Oui, mais c'est pas mon âme ni mon cœur qui lui diront je t'aime... Moi, je ne suis qu'un pion au service d'une histoire.

Shéhérazade griffe un pétale de rose, Lies referme le scénar, le ghetto blaster a fini son tour de chant. La voie lactée et ses années-lumière ont cessé de brasiller. Coincé entre les douze cordes capricieuses de Shéhérazade, Lies essaye de réchauffer l'ambiance :

– Je fais un vœu...

– T'as vu une étoile filante ?

– Oui, toi…, murmure-t-il avec son regard de tombeur.

– C'était quoi ton vœu ?

– Faut pas le dire, ça porte malheur, mais peut-être que si je t'embrasse tu pourras le deviner…

Lies dépose un smack sur les lèvres acidulées de sa star qui d'un geste brusque envoie valser la table confettis. Cheveux aux quatre vents, elle s'allonge dans une posture plus rugissante que parlante. Sur sa chaise, Lies n'imaginait pas que son vœu se réaliserait si vite. L'invitation est claire, Shéhérazade, sexy, fait s'envoler avec sensualité l'emballage rose bonbon qui enveloppe sa chair. Nue, la déesse a des mensurations spirituelles. Lies se lèche les pupilles, ne sait plus comment se contenir dans ce jardin d'Éden planté au dix-septième. Passé les préliminaires du kiss et des profondes caresses, il gante son nerf. L'immeuble est secoué par leurs galipettes. Les va-et-vient ont atteint la zone érogène, libérant un orgasmique et fusionnel :

– Oooh !!! Lieeeeeeesssshéhérazade…

Si puissant qu'il fait ricocher les étoiles entre elles. Sur le visage de Lies, une larme d'extase a éclos et se répand en rosée le long du corps de Shéhérazade, assouvie.

Minuit.

La luna s'est couverte. La zic s'est tue. La température des organismes a chuté, les dents ont commencé à jouer des castagnettes. Lies et Shéhérazade se sont rhabillés. Les yeux étoilés, main dans la main, d'un pas aérien, ils quittent les hauteurs de la tour. L'ascenseur les dépose en douceur sur le bitume bétonné du quartier endormi. Lui, réjoui :

– J'aimerais qu'on finisse la nuit ensemble…

Elle, toute retournée :

– Oui, mais demain il faudra que je rentre chez moi pour me changer.

Jour J du tournage

10 août.

Au petit matin, endormis dans un lit en bataille, les corps emmêlés en Mikado, respirant comme des nouveau-nés, les amoureux se font lécher par les toutes premières lueurs du soleil transperçant les rideaux Sopalin. La girl-friend, tout en douceur, se sort de son sommeil, ses yeux ne s'ouvrent pas plus vite qu'un ralenti sur un escargot franchissant une ligne d'arrivée au finish. La tête ventousée contre la poitrine de son Apollon, elle est radieuse.

En un baiser, le prince charmant s'est réveillé sur le sommet resplendissant de l'Olympe, ébloui il sourit jusqu'aux dents de sagesse et coquin pince tendrement les fesses nues de sa merveilleuse.

– Aïe, fait-elle.

– Désolé, je voulais être certain que je ne rêvais pas…

Avec un plaisir non dissimulé Shéhérazade, revancharde, ne le laissant pas finir sa phrase, le mordille :

– Aïe, mon téton...

Elle rit, Lies a poussé dans les aigus son cri de douleur. Elle le console d'un kiss, il la regarde, illuminé. Dans les yeux de Shéhérazade brille plus d'amour qu'il n'y a de mystère dans l'univers.

L'alarme du réveil King Size vient de sonner à l'heure programmée. Shéhérazade, réactive, envoie :

– Il faut que je me dépêche de rentrer chez moi pour me changer...

Elle n'a pas perdu de temps, hors du plumard, elle enfile sa djellaba rose bonbec, Lies la dévore du regard et, la langue pleine de salive, il ouvre ses guillemets :

– N'entends pas ce que je vais dire, Shéhérazade...

Elle marque un arrêt sur le tressage de sa chevelure et fait mine de ne pas écouter ce que lui confie Lies...

– J'ai jamais été aussi heureux de ma vie, comme je sais que tu ne m'entends pas je peux te le dire sans gêne, toute ma vie j'ai pris des coups, j'ai été abandonné et renié par mon propre sang, mais aujourd'hui, avec toi, je veux construire, grandir, nous faire un bel avenir. Et te chuchoter que je t'aime...

Shéhérazade, aux anges :

– Tu disais ? J'ai rien entendu...

Lies, complice de ce petit manège :

– Moi ? J'ai pas parlé...

Heureuse, Shéhérazade s'est rendue chez elle. Les ronflements des parents s'échappent de la chambre à coucher, une ration de somnifères a fait leur affaire, seul Samir n'a pas trouvé le sommeil artificiel, casque aux oreilles il se décharge sur sa PSP. Les tapisseries sur les murs se sont mises en berne, la pendule a une crampe, sa minute de silence risque de durer encore et encore.

Sous sa douche, Shéhérazade speede, laisse l'eau froide raffermir son épiderme, se savonne, huile son corps sensible aux attaques du calcaire. Enfile une petite culotte attrapée à la va-vite. Se brosse les quenottes, couette sa chevelure, se pomponne le visage, boutonne son jean seconde peau, chausse ses baskets aux coloris de ses socquettes. Après s'être zieutée sur tous les angles, toute belle et pimpante, elle sort de la salle de bains : face à elle, Samir l'incendie du regard, il a dans le prolongement de sa main droite un poignard à double tranchant.

– Tu vas où, espèce de salope ? braille-t-il à la manière d'un coupeur de têtes.

– Comment tu me parles, je suis ta grande sœur…

– T'es plus ma sœur. Tu crois que je sais pas que l'autre bâtard de Lies, il t'a soulevée dans l'ascenseur ?

– Qui t'a dit ça ?

– Sur la tête de mon grand frère Ouasine, on va le tuer…

Shéhérazade se mord les lèvres. Elle voudrait hurler, mais elle se console en buvant son sang. Samir, les pieds bien plantés, diabolique, lui barre la route.

– Où tu crois que tu vas aller ?

– Je vais travailler…

– T'iras nulle part.

– Écoute, Samir, occupe-toi de faire ta vie, pas de défaire la mienne, et si toi ou tes potes touchez un cheveu de Lies, c'est ta mort que j'aurai sur la conscience. Et maintenant, qu'est-ce que tu vas faire ? Tu veux me tuer, c'est ça ? Vas-y, pique-moi, là…

Elle pointe son cœur avec son index.

Le dos hérissé, Samir a tourné les talons et s'est arraché du F3.

Shéhérazade, écœurée, a gravi les sept étages à pied. Essoufflée, elle frappe à la porte de son Roméo. Lies ouvre, en pleurs.

Prise de panique :

– Mais qu'est-ce qui t'arrive, mon amour ? Qu'est-ce qu'on t'a fait ?

Lies la rassure d'un tendre baiser :

– Qu'est-ce que tu voudrais qu'on me fasse ? On m'a rien fait… J'ai juste mis des gouttes cicatrisantes…

Lies devine une angoisse tout au fond d'elle. Il l'enlace :

– Je suis désolé de t'avoir fait flipper, my bodyguard, on m'a opéré de la rétine, c'est la fin du traitement… t'inquiète, je vais bien.

Une fois le malaise dissipé, en cinq-cinq, ils p'titdéj' : chocolat chaud, tartines beurrées et baisers sablés. Vaisselle terminée, les tourtereaux s'empressent de fermer à double tour la lourde du nid douillet.

Sur le palier, au bras de son premier grand amour, Lies le plus fier des hommes veut communiquer son bonheur au reste du monde. Il frappe à la porte de son voisin Jeannot.

– Qu'est-ce que tu fais ?

– Je vais te présenter mon ami…

– On va être en retard, Lies.

La porte s'ouvre sur le visage radieux de Jeannot, lunettes au nez et texte en main. Lies lui dépose une bise sur son front si ridé qu'un 4 × 4 pourrait s'y embourber.

– Merci, Jeannot, c'est le grand jour ! Aujourd'hui, les coups de gong vont être remplacés par les coups de clap.

Shéhérazade sourit sans perdre de vue que l'heure tourne.

– Je voulais vous présenter Shéhérazade. Les mots me manquent pour vous dire ce qu'elle est pour moi…

À la vue de la plantureuse, Jeannot s'incline et fait un baisemain suivi d'un élégant :

– Ravi de faire votre connaissance, charmante fée.

Lies, mauvais joueur, interrompt les salamalecs de l'ogre gentleman, recueille la main de sa muse otage de la grosse poigne.

– À ce soir, Jeannot, les feux de la rampe nous appellent, je vous aime…

Au niveau zéro Lies ouvre sa boîte aux lettres, en ressort une grosse enveloppe kraft. L'éventre avec une clef, y découvre ses bandelettes repassées et enroulées. Elles sentent encore la mort. Incognito, il les abandonne dans une benne à ordures voisine. Sur le parking, Shéhérazade a retrouvé la mini plus basse qu'à l'accoutumée, les quatre pneus crevés.

– C'est Samir.

– Pourquoi il aurait fait ça ?

– Il m'a piqué une crise tout à l'heure… Loudefi a fait siffler sa langue de vipère.

Lies engage un doigt dans l'une des perforations du pneu avant gauche :

– Sur le ring, je le savais capable de gestes instinctifs, parfois magiques, mais pas de ça…

Il colle un baiser rustine sur la joue de Shéhérazade :

– Je lui dirai deux mots quand je le reverrai. Il s'est fait retourner le cerveau, c'est facile à son âge… On va prendre le bus…

L'arrêt de la ligne 10 est patché de stickers appelant au vote massif de toute la jeunesse black-blanc-beur made in France. Fourrer l'urne pour ne plus continuer à se faire maquer par le système. Liberté, égalité, fraternité, trois rimes d'espoir dans un pays bridé. Lies sait qu'à ce jour aucun parti politique ne le représente, ne le considère, ne l'aime. La gauche l'esquive, la droite l'assomme, malgré tout il ira voter en priant le ciel de ne pas tomber KO au deuxième round. Shéhérazade se ronge les ongles n° 5, tend l'oreille en direction de Lies en communication téléphonique avec Samuel, le King Size est sur haut-parleur :

– On s'est fait crever les roues de notre voiture, on pense avoir deux heures de retard, on va prendre le RER...

– Prenez un taxi et faites une facture...

– Non ici y a pas de taco... on arrivera pas avant midi...

– Bon, je vais me débrouiller... on va changer de décor, les intérieurs, je les filmerai plus tard. Tu as ton scénario sur toi ?

Lies, un zeste stressé :

– Ouais !

– Je vais tourner la scène 59. Comme vous allez speeder, tu seras chaud pour la prise. On n'a pas d'autorisation, on shootera à l'arrache... T'inquiète, on gère ton retard en filmant des ambiances de la capitale. Rendez-vous à Opéra, tu nous fais signe quand tu es dans les parages.

Le bus de la ligne 10 ramène sa gamelle, ouvre ses portes coulissantes. Au volant, Monsieur Coulibaly souhaite la bienvenue à Lies qui paie plein tarif le ticket de Shéhérazade. Le chauffeur encaisse et poinçonne. Il a une toute nouvelle coupe de tifs sur sa tête de haricot. Retranché derrière ses lunettes de soleil, il scrute son passager, s'attarde sur le scénar tenu d'une main ferme. Il ne dit mot mais n'en pense pas moins. Pas grand monde sur la tournée : un chibani et sa canne berbère. Deux kardèches et un sac à roulettes. Une espingouine avec un foulard sur la cabeza. Un waka, walkman aux oreilles. Un noich et une gauloise avec d'énormes roberts conversant avec le chauffeur.

Coulibaly la consulte et plus si affinités, pas besoin de Viagra, à soixante piges sa tige est toujours verte et, en cas de panne, il croquera sa noix de kola, le plus fiable des aphrodisiaques.

Au fond du bus, Lies a installé Shéhérazade sur ses genoux.

Coulibaly met la gomme, passe devant l'arrêt de la Gerboise. Des bulldozers achèvent de raser les murs porteurs du gymnase qui ne se sont pas écroulés lors de l'incendie. Lies a un pincement au cœur. La voix de son père résonne en lui :

– *Li fêt mêt* : ce qui est passé est mort.

Les carrefours et les descentes s'enchaînent. L'espingouine et les kardèches ont quitté le navire. La gare ferroviaire est à cent mètres. Coulibaly a fini le maraboutage de sa gauloise, il s'apprête à encaisser l'artiche, quand une fusée grille un feu. Il manque de perdre le contrôle de son douze tonnes, freine à bloc, dérape sur une dizaine de mètres. Les pneus crissent, sa moumoute se décroche de son crâne déforesté. Shéhérazade s'est fait catapulter des genoux de Lies pour atterrir sur ceux du waka qui s'est lancé dans un zouk love. Le chibani est braqué par les roberts de la gauloise et le noich, les quatre fers en l'air, ressemble à un moine shaolin.

Le caoutchouc fondu sur le macadam dégage une épaisse fumée noire qui voile les visages des occupants du bolide sortis vérifier si un pèt' a endommagé la Benz. Entre deux nappes de fumée, Lies reconnaît Loudefi, accompagné de deux autres lascars. Il hurle à Coulibaly d'ouvrir les portes du fond pour aller régler ses comptes mano a mano. Trop tard, la voiture s'est enfoncée dans une bretelle d'autoroute.

Shéhérazade l'a rejoint sur le trottoir :

– Qu'est-ce que tu regardes ?

– Non, rien...

– Arrête, Lies, on dirait que t'as vu un fantôme.

– J'te jure que c'était pas Casper (rire forcé). On va prendre le RER, dit-il amèrement.

Ils s'apprêtent à filer vers la gare. Un cri les arrête. C'est Coulibaly, recoiffé de sa touffe :

– Tiens, mon fils.

Il tend le scénario oublié dans le bus.

– Oh ! merci, monsieur.

– Je peux te parler une minute, mon fils ?

– Je vais aller acheter mon billet en attendant, annonce Shéhérazade.

Lies lui tend les dix euros qu'il a en poche. Elle s'éloigne.

Coulibaly retire ses lunettes, ses yeux ont assez de force pour détourner les éclairs de Zeus de leur trajectoire. Il élève la voix à la fréquence des battements de cœur de Lies.

– Tu vois, mon fils, le papier des Blancs, il accroche pas avec toi, c'est pas bon pour toi, les histoires des toubabs. Viens me voir à la maison, je vais te faire un bon produit pour te protéger. Je t'ai rêvé, y a du malheur dans ton image, viens me voir chez moi, j'te ferai un travail bien propre… wouallaïh…

Coulibaly remet ses lunettes sur son nez épaté, serre la main de Lies et reprend les commandes de son autocar. Lies fait un au revoir au renoi disjoncté qui prenait ses dreams pour la réalité.

12 H 00

Sur les marches de l'Opéra Garnier dégoulinantes de touristes, Lies et Shéhérazade vite tevi sont rejoints par tout le staff du film. Samuel bise rebise son héros. Shéhérazade est briefée par le producteur, elle signe son contrat dans la foulée. Le réal montre à Lies le découpage de la séquence, plan large, plan serré sur une course à pied filmée à la volée.

Dans le car-loge tout s'enchaîne rapido, il y a beaucoup de retard, Lies est habillé maquillé coiffé. Le fond de teint le fait éternuer, ses mèches rebelles n'étaient pas mauvaises, en un coup de ciseaux elles ont fini par terre. Sur un miroir il se croise dans sa tenue d'inspecteur, il crève de chaud sous sa veste en cuir et son jean bleu moule ses burnes, style torero.

Un accessoiriste scratche un brassard POLICE rouge autour de son bras droit, et propose à pile ou face deux armes factices. Lies se retrouve avec un

Magnum digne de l'inspecteur Harry. L'ingénieur du son agrafe un micro HF sous ses vêtements, en précisant comment le déconnecter si l'on veut dire du mal du réal ou se rendre aux toilettes. L'information n'est pas entrée dans l'oreille d'un sourd.

– Attention, flash…

La scripte vient de prendre un polaroïd, pour les raccords de col de chemise et autres faux plis. Shéhérazade et Lies se retrouvent brièvement autour de la table régie. Les yeux doux, il lui sert un diabolo fraise, elle lui offre un baiser discret.

Les machinos ont installé la caméra sur le toit de la 4L, Samuel règle la balance des blancs, fait le point sur Lies. Shéhérazade et le reste de l'équipe prennent place à bord d'une Espace qui suivra au taquet les cent mètres de travelling.

À travers les vitres du véhicule lunaire, Shéhérazade regarde Lies en plein échauffement. Les passants semblent surpris de voir un flic faire des pompes au milieu du trottoir. Apercevant la ramca de l'autre côté de la rue, ils se mettent à faire des gestes amicaux en direction de Samuel concentré sur son cadre.

Le moteur est demandé, la caméra tourne.

– Action !

Lies s'abandonne dans sa course folle, bousculant les piétons pour faire plus naturel.

Sur le dos de la 4L, dans son œilleton 16/9, Samuel suit les déplacements de Lies, élégant, altier. Il zoome sur son visage émacié, le regard de Lies dégage une énergie sereine, de sa grâce jaillissent ses origines princières. Il n'est pas essoufflé, cavale bien plus loin que prévu, offre différentes attitudes, il a tout compris au cinéma, il brandit son arme en l'air.

Non loin de là, Magueule, Loudefi et Tricolore viennent de garer leur bolide en double file. Le GPS a trouvé la rue sans problème. La bijouterie pèse lourd, elle ne devrait pas leur résister. Trico a enfilé un imperméable Columbo dans lequel il a planqué un fusil à pompe à bec-de-lièvre. Loudefi cale son flingue dans son froc. Les deux bougs sortent de la caisse et se dirigent vers la bijouterie.

En tenue d'agent de sécurité, impassible, Loudefi bloque l'accès du magasin.

– C'est fermé, on fait l'inventaire…, balance-t-il à un couple désireux d'entrer.

À l'intérieur, Trico a ligoté la clientèle, assaisonné à coups de crosse le bijoutier qui a craché trois chicots avant de lui lâcher le code du coffre-fort. Le magot raflé, il sort et se dirige vers la Benz. Loudefi le laisse prendre de l'avance.

Soudain, dans son rétroviseur, Magueule capte du mouvement, un keuf se ramène en direction du cass'. Tricolore plonge dans le coupé. Magueule démarre en trombe. Laissé en chien sur le pavé, terrifié, Loudefi braque son regard sur le condé.

Il ouvre le feu.

Désarticulé, Lies tombe à terre. Une balle lui a traversé la tête, une autre les viscères.

Table

Merci de votre lecture,
un petit bonus vous attend sur ma page MySpace :

www.myspace.com/rachiddjaidani

GROUPE CPI

Achevé d'imprimer en juin 2008
par **BUSSIÈRE**
à Saint-Amand-Montrond (Cher)
N° d'édition : 97855. - N° d'impression : 80978.
Dépôt légal : juin 2008.
Imprimé en France